福氣小財迷

3

完

風白秋 著

文創風 757

目錄

第二十一章

林景時猜得沒錯，李大廚如今被捆著倒在柴房地上。臘月的天，寒氣一陣陣往上湧，在地上幾個時辰，李大廚只覺得自己半邊身子都麻木了。

蔣班頭手裡拿著一條鞭子，陰晴不定地看著地上的李大廚。

趙六在一旁大氣都不敢出，這李家的那個小子，可是敢殺人的！

蔣班頭顯然也忌諱李牙，將鞭子一把甩到地上，發出一聲清脆的鞭響，陰森森道：「以為自己有個兒子就有人給你撐腰了？呵。」

李大廚強撐著精神，問道：「你們抓我來總有個胡編亂造的緣由，到底想如何直說罷了，無須拐彎抹角。」

蔣班頭冷笑一聲，沒搭理他，對著趙六努努嘴。「他說你胡編亂造呢，告訴他你到底想如何？」

趙六吞了吞口水，想到張秀兒的話，鼓起勇氣一咬自己的舌尖，疼得眼淚在眼眶裡打轉，自己差點叫出來，哽咽道：「我……我的兒啊，我要你們李家人賠命！」

這還是李大廚被帶到趙家聽到的第一句關於孩子的消息，他心裡一個咯噔，努力睜大眼睛，想辨認趙六的神情。

可惜趙六背對著窗戶，整張臉隱藏在陰影中，讓人看不清神色。

李大廚心墜墜地往下沈，澀澀開口問道：「孩子怎麼了？」

趙六捂住眼睛，久久沒有說話。

蔣班頭甩著鞭子，像是在思考待會兒要怎麼懲治他？

李大廚眉頭緊皺，若孩子真的出了什麼問題……他不敢再想下去，他從未想過會有這等變故。

蔣班頭見他沈默下來，像是知道怕了，不屑地掀了掀嘴角。「鬧出這麼大的事，就算是去縣城尋劉知縣，趙家也不怕。你和你那倒楣兒子，就等著蹲大牢吧！」

話音剛落，柴房的門就被敲響，一個怯生生的小丫頭顫抖著聲道：「少爺、舅老爺，門、門外有一群人，其中有個壯漢快要把咱家門拆了，老爺讓我來說一聲，讓您二位快些去前頭……」

趙六腿腳一軟，險些沒跌倒在地上。

蔣班頭摸了摸臉上的痕跡，一甩鞭子對趙六道：「走，跟我去前頭會會他們！」

趙六心中叫苦，垂頭喪氣地跟在蔣班頭身後，蔣班頭跨出門房對那小丫鬟道：「妳在這兒看著，別讓他跑了。」

小丫鬟癟著嘴快哭了。「奴婢、奴婢還得去劈柴、洗衣呢，這家中上上下下就奴婢一個做活的……」

蔣班頭被撅了回來，氣悶地瞪了她一眼，想到門外的李牙，重重「哼」了一聲，也沒時辰同她計較。

李牙憋了半日的火氣終於能發出來了，他站在門口悶不吭聲，一拳拳砸著趙家緊閉的大門。那厚實的門板眼看就要被他活生生砸出一個坑來，趙家兩個老的頂在門後心裡發虛，一邊虛張聲勢地叫嚷著「別砸了，再砸拉你去見官」，一邊焦急地等著蔣班頭和趙六。

蔣班頭尋來的那群混子還沒走，從門縫中偷窺到李牙這身板，一個背抄手站在旁邊，做出事不關己的樣子。

眼瞅著大門就要被砸爛，蔣班頭終於來了，趙家老倆口鬆了口氣，急忙求助道：「蔣家舅爺啊，那煞星打上門了……」

蔣班頭冷笑一聲，一甩手中的鞭子，對門外喝道：「你再砸門一下，你爹就挨一鞭子！」

門外的李牙聽到聲音愣住片刻，意識到他竟然在威脅他，退後兩步抬起腳，用力踹向趙家大門。

趙家為了過年剛換的新門板應聲而倒，趙家老倆口躲閃不及被壓在門板下，「哎喲喲」地呻吟起來。

趙六第一個撲上去掀門板，可那厚實的門板哪是他細胳膊、細腿推得動的？他心中著急，回頭喊道：「舅舅快來幫忙！」

蔣班頭早就被李牙盯住了，那眼神中的陰冷讓他動也不敢動，一瞬間所有人都僵住，除了趙家老倆口的聲響，院子中彷彿只能聽到落雪的窸窣聲。

趙六好不容易把趙老頭拽出來，一刻不敢停歇，撲過去拽趙老太婆。

李牙卻突然笑了，陰惻惻地看著蔣班頭。「我爹呢？」

他的聲音並不響，蔣班頭的臉色卻霎時變得蒼白，怎麼竟覺得他比前兩日更嚇人了？

江雨橋站在林景時身後半步躲雪，只露出頭來看著眼前這一切，見狀「嘖嘖」小聲道：「沒想到李牙哥學得還挺好。」

林景時好氣又好笑，微微側過臉瞥了她一眼。「被妳抓著當樣板教了李牙一路，我的臉都僵了，他再學不好還得了？」

江雨橋有點心虛，輕咳一聲，轉移話題。「快看快看，李牙哥能自己解決不？」

林景時也不戳破她的小壞心思，反而往她身邊挪了挪，幫她擋去更多風雪。

此時的李牙已經到了忍耐的極限，順手將還在地上忙活的趙六提到眼前，一字一句道：「我爹呢？」

趙六下意識回頭想求助蔣班頭，結果發現蔣班頭竟然躲開他的目光。他心底一片冰涼，垂下了頭，喃喃道：「在……在柴房。」

李牙見他如此識時務，把他甩到一邊就大步往裡疾跑，蔣班頭這才覺得自己喘過氣來。

沒想到一見面就落了下乘，蔣班頭瞇起眼睛，琢磨著待會兒如何找回來。

這時一道挺拔的人影邁進院子，剛剛積了雪的地上被他輕輕踩出腳印，細微的「嘎吱」聲在眾人耳中格外明顯，所有人抬頭看向他。

只一眼，蔣班頭就覺得事情有些不對，林景時渾身的氣度，根本不像是應該出現在這小鎮上的人，更何況竟然不請自入進了趙家的門。

他皺緊眉頭，思索著這尊大佛到底為何而來？

林景時面上含笑，對他道：「這位是蔣班頭？無須在意，我是李家父子的朋友，借趙府貴寶地歇個腳。」

李家父子的……朋友?!

寒風中蔣班頭溢出一身冷汗，李家竟然有如此靠山？

被門板壓得渾身散了架般的趙家老倆口可不想再管這些事了，趙六掙扎著爬起來，一左一右攙扶著自家爹娘就要往裡走。

蔣班頭出手攔住他們。「這是趙家！」

趙老頭的眼淚都快出來了，用完好的胳膊一把推開他。「你還有臉說！若不是你招惹來這些煞星，我們哪至於遭了這般難？」

蔣班頭覺得一盆冷水澆下來，他不敢置信地看著趙老頭。「你們趙家是想翻臉不認人?!」

趙老頭撇了撇嘴沒回話，催促著趙六。「快些回去，給我同你娘尋個大夫，造孽啊……」

趙六低著頭一腦門子往前去，蔣班頭竟然被他推開，愣了半晌沒回過神來。

江雨橋就喜歡看這翻臉不認人的戲碼，看得津津有味，林景時回身接她進了院子，二人一副雲淡風輕、歲月靜好的樣子，看得蔣班頭越發地心底發虛。

林景時剛進門的時候，那群整日混跡市井、閱人無數的混混就乘機躥了出去，此時幾人站在一個小胡同裡面面相覷，看來蔣班頭這次踢著鐵板了。

李牙在趙家後院見屋門就踹，終於尋到最角落的柴房，一眼望見有氣無力躺在地上的李大廚，心神俱裂，高喊一聲。「爹！」

李大廚聽到李牙的聲音，眉頭微皺，一串髒話從嘴裡吐出。「你他娘的喊啥喊？你剛進後院我就聽著了，結果你還是這麼沒腦子，誰家柴房不在犄角旮旯，就你腦子被糊了，最後才找到老子！」

聽到這中氣十足的聲音，李牙徹底放下心來，憨笑地撓撓頭。「爹，我這不是心裡著急嗎？」

李大廚瞪了他一眼。「等啥呢？老子快凍死了！」

「喔喔。」李牙趕忙上前把他全身的繩子解開，輕扶起他來，摸著他冰涼的手，咬牙切齒道：「這狗賊欺人太甚，今日非打得他下不了床！」

李大廚已經不想再跟他說打不打的事了，站起來活動活動手腳，問道：「雨橋來了？」

李牙點點頭。「林掌櫃也來了，還帶了幾個人過來，也不知道是誰。」

李大廚磨了磨牙。「人家來幫咱們的，帶的人你竟然不知道是誰？」

李牙也覺得自己有些不對，低下頭不作聲。

李大廚一揮手。「走，前頭看看去。」

李牙忙上前扶住他，李大廚想甩開他又沒什麼力氣，只能任由他扶著，心中感慨自己真的老了。

之前被蔣班頭唬住，方才自個兒躺在地上已經想明白了。那趙六看起來是個把媳婦捧上天的軟耳朵，這趙家若是真的頭一個孩子沒了，他們定然不會如此淡定，早就不管不顧地圍上來先把他打一頓出氣了。

這麼一想，那張秀兒十之八九沒什麼大礙。他心底長吁一口氣，心也定下來，想著連累到江雨橋與林景時特地跑一趟，心中更是感激與內疚。

林景時正把一件大氅往江雨橋身上披過去，江雨橋當著這麼多人的面有些羞澀，咬著唇，裝作無意間躲開他的手。

誰料他並不放棄，堅持不懈地披在她身上，低聲笑道：「天氣冷。」

劉知縣派來的人目瞪口呆地看著林景時。

這……這還是一向不苟言笑的林掌櫃嗎？

轉而看著江雨橋的目光意味深長起來，怪不得林掌櫃這一年都待在縣城，連劉知縣都有些詫異，卻又不敢去查他到底在做什麼。

江雨橋察覺到別人的目光，有些無奈，索性不去想，問道：「他們怎麼還沒出來？」

蔣班頭一身一身地冒汗，林景時身後恭恭敬敬站著的人，穿著可是官服！

他不敢貿然上前說話，既盼著李大廚快些過來，又害怕他過來得太快。
李大廚剛從後院出來，就看到眼前這安靜詭異的一幕，江雨橋揚起笑臉，率先喊道：「李叔！」
蔣班頭的心如落入冰窖一般，這聽著丁點兒不像朋友那麼簡單啊！
李大廚有些羞赧，對林景時和江雨橋拱手。「慚愧慚愧，煩勞你們跑一趟。」
江雨橋上前細細看過，見他並未受傷才放下心來，轉過頭似笑非笑地看著蔣班頭。「不知蔣班頭那外甥女兒可還好？咱們帶了京中來的大夫，也好給她調養調養。」
偷偷摸摸躲在門後偷看的張秀兒倒吸一口涼氣。
京、京中的大夫！
她摸了摸剛顯懷沒多久的肚子，眉頭皺起來。身邊的趙六早就慌亂不已，拉著她的袖子問：「媳婦兒，這可怎麼辦！」
張秀兒心煩意亂，越看趙六越嫌棄，這一切的根源就是他趙家為了省那麼兩個錢才惹出來的，如今鬧到不可收拾的地步，他就像沒頭蒼蠅一般，把她與舅舅推出去扛事。
張秀兒深深看了一眼俊逸淡然的林景時，心中暗罵，若是自己嫁了那樣的人……又何至於誰都能欺上頭？
趙六見她不說話更著急，伸手扶住她的胳膊。「媳婦兒，妳說舅舅他能頂得住嗎？」

張秀兒理都不想理他，抿唇看著院子中慌亂的蔣班頭，一咬牙。「走，快些回去。」

趙六慌忙跟上她，張秀兒一進屋就直奔梳妝檯，拿起鉛粉往臉上撲，直撲得臉色蒼白。

趙六吶吶地沒敢說話。

張秀兒沾濕了帕子，拍了拍臉，讓那浮在臉上的粉服貼些，左看右看勉強能糊弄過去，一扯被子上了床，對愣在原地的趙六吼道：「去門外攔住他們！」

趙六現在是她說什麼是什麼，直到關上房門才回過神來，欲哭無淚，自己要怎麼才能攔住那些煞星啊？

他心裡再哭嚎也無用，李牙扶著李大廚走在最前頭，林景時、江雨橋帶著人走在後面，最後遠遠跟著蔣班頭，一行人就這麼向他走來。

趙六心一橫，張開手。「你、你們想做什麼！」

李牙彎了彎嘴角，又變成那副冷傲的樣子，壓低聲音道：「來……看你媳婦兒啊。」

這話說得竟然有幾分說不清的曖昧意味，李大廚一巴掌拍在他頭上。「會不會說話？滾一邊去！」

李牙努力維持的臉一下子崩了，無辜地摸著後腦，有些吃不準他爹的意思。

江雨橋死死咬住下唇才憋住笑，林景時看熱鬧不嫌事大，低頭用大家都能聽到的聲音對她道：「想笑便笑吧。」

笑聲終於憋不住，林景時帶來的人都看著李牙樂得開懷。

這是哪兒找來的活寶？

趙六急得直跺腳，伸出手，顫抖地指著李牙。「你……你！」

李牙想不明白，乾脆不想了，上前推開他，踢開門，對林景時道：「林掌櫃，快讓大夫去瞧瞧，那孩子還在嗎？」

林景時憐憫地看了一眼李大廚捂住眼睛不想看的表情，輕咳一聲止住笑，對身後一人示意道：「去瞧瞧。」

那人並未說話，拱手行了個禮就要往裡進，趙六急忙攔住他。「你怎麼能隨便進？那個……男女授受不親！」

被攔住的人不耐煩地看了他一眼，開口道：「吾乃京中醫女。」

出谷黃鸝般的聲音配著眼前這五大三粗的臉，驚得人久久說不出話來。

醫女乘機進了屋子，江雨橋嘴巴都合不上了，好半晌才佩服道：「林掌櫃手底下能人眾多。」

林景時勾起唇角。「莫急，回頭都讓妳見見。」

能不能正經些！

江雨橋橫了他一眼，抿了抿唇沒說話。

李牙看稀罕一般地看著林景時：「林掌櫃，方才我笑得明明同你一樣啊，為啥我爹要打我？」

林景時笑容僵住，無奈地應付他。「回家了再教你。」

家？

蔣班頭兩眼發昏，這麼久他終於認出跟在林景時身後的人是誰了，是縣丞老爺！還是在兩年前，他終於蹭到同亭長一起去縣城給劉知縣拜年時遠遠瞧上一眼，當日對著他們高高在上的縣丞老爺，如今竟然跟在李家人身後，一句話不敢說。

他往後蹭了幾步，趁這群人不注意，扭頭就跑。

李牙目瞪口呆地看著蔣班頭就這麼溜之大吉，縣丞覺得好笑，對林掌櫃拱手。「下官……咳，我去衙門看看那亭長到底是如何管理手下的。」

林景時不置可否地點點頭，此時那醫女也出來了，李大廚期待地看著他，醫女躲不過他的目光，對他回道：「都挺好。」

李大廚心中的大石這才徹底落了地，他發洩般地踩了兩腳地上的雪。

李牙一聽來勁了，幾步上前提起趙六。「你們敢把我爹隨便捆來？」

他一把將他甩到李大廚面前，暴喝一聲。「跪下！給我爹磕頭！」

那醫女皺了皺眉，輕聲對他道：「你虛火旺盛，回頭我寫幾個方子，吃幾日藥膳吧。」

李牙被堵在半道，舌頭都打結了，不知為何看著醫女的眉頭，他下意識地不敢接話。

趙六已經「咚咚咚」磕起頭來，李大廚神色變幻，長嘆一聲。「罷了，日後你我兩家莫要再有牽扯了。」

李牙不服氣，張嘴就要反駁，李大廚一個眼神制止他，回身對林景時作揖。「多謝林掌櫃。」

接著又對江雨橋一揖。「多謝雨橋。」

江雨橋躲避不及，生生受了這一禮，急忙扶起他，嘆了口氣。「李叔，沒必要如此忍讓的。」

李大廚咧了咧嘴，拍了拍身上她的胳膊。「咱們回去吧，我風濕怕是又犯了。」

李牙一聽這話，哪裡還顧及其他，扶著李大廚就匆忙要回去。「爹，出來前林掌櫃讓人燒了炕，快回去休息。」

一夥人來得快去得也快，片刻工夫趙家院子就空蕩蕩的，彷彿方才那麼多人像夢一般。

李大廚坐在燒著炭的馬車上，掀開窗簾看了一眼坐在車轅的李牙，回頭低下頭，有些酸澀無奈地對江雨橋道：「雨橋可是覺得我窩囊？」

江雨橋搖搖頭。

李大廚苦笑一下。「我們父子倆可以一走了之，可是李牙他娘呢？她自己孤苦伶仃地躺在山上等我，若不是為了養大李牙，我都想隨她去了，我不能冒著一丁點的風險。趙家也是鎮上的老人了，親戚、朋友著實不少，若是逼急了趙家……我怕……我怕他們……」

江雨橋恍然大悟，這才知曉李大廚心底最擔憂的事情。

她拿出帕子遞給他。「李叔當日只讓李牙哥跑，自己反而留在鎮上，也是因為嬸子吧？」

李大廚兩眼含淚，接過帕子擦了擦，深深吸了幾口氣，才幾不可見地點了下頭。「是，莫要同李牙說起，如今他雖說傻了些，卻也著實過得開心，就讓他只當我膽小怕事吧。」

林景時雙眼如潭，就這麼看著李大廚，直到李牙把他攙扶下馬車都一言未發。

江雨橋有些擔心，小心翼翼地給他倒了杯水。「在想什麼？」

林景時突然笑了起來，那笑容襯著他的臉是前所未見的昳麗，讓江雨橋的心「怦怦怦」跳得飛快。

林景時低頭望著那茶杯中的水圈出神，聲音宛若初春的雨，滴在青石板上，細細密密扎得她生疼。

「原來世間還有這種父子情，還有這種夫妻情……」

江雨橋不知道如何安慰他，只覺得他離自己極為遙遠，讓她捉不住。

她心中慌亂，只想把他拽回來，突然伸手捧住他的臉，就這麼定定地看著他。

林景時初時有幾分微愣，轉而明白過來，他的小姑娘是用這笨拙的方法安慰他。

他冰冷的心漸漸開始融化，面上也泛起幾絲真心的笑意。

馬車外傳來嘈雜的聲響，驚醒了江雨橋，她沒有如往常一般縮回手，反而順勢捏起林景時臉上的一塊軟肉。「你啊，還有我們呢。」

林景時頓覺好笑，臉上的痛感讓他清楚知曉江雨橋在做什麼。

他伸手覆在江雨橋手上正要開口，就聽到馬車門被「咚」的一聲撞開，一個男子掙脫開身後人的阻攔探頭進來，看到二人曖昧的姿勢，驚呼道：「你們……這是成何體統！」

江雨橋聽到這聲音一驚，鬆開林景時被捏住的那塊肉，手卻沒有從他臉上拿下來，反而故意把身子朝他靠了靠，回頭對著來人笑得甜美。

「喲，這不是我的好爹爹嗎？」

江大年從未見過女兒這樣，一顰一笑竟然已經有了成熟女子的風情，他反應過來，江雨橋不是那個能被他呼喝打罵的小女兒了，如今是他有求於她，可身為父親的尊嚴又讓他放不下面子。

他只能硬著頭皮道：「妳跟我下來，孤男寡女共處一個車廂，竟然還如此，有傷風化，丟了江家的臉。」

聽著他話中顯而易見的心虛，江雨橋笑得更是開懷。「爹爹怕是忘了，我不是被您一紙婚書給扔出門去了？」

江大年就怕她提這個，他尷尬地沈默片刻才道：「什麼婚書，爹那是被騙了。聘禮銀子也被那家人要走了，妳如今可還是待字閨中的女兒家！」

這事江雨橋可沒聽說，許遠竟然還有空把買她的銀子要回去？

林景時像是知她心中所想，藉著二人衣袖遮擋，頑皮地捏了捏她的手背。

她一下子反應過來，含笑看了他一眼，覺得他真不愧是懂她的人，哪裡能白白便宜了江大年。

她湊得更近，在他耳邊低聲道：「林掌櫃這是貪了我的銀子啊……」

林景時一挑眉，眼中露出笑意。「就當妳給我的跑腿費如何？」

江大年見二人不只沒分開，反而湊得越來越近，覺得自己做爹的威嚴被挑釁到極點，伸出手去拽她。「妳這浪蕩的女子！」

他的手尚沒觸到江雨橋，就被林景時借勢一把揮開。

江大年惱羞成怒，抬頭欲罵，卻被林景時那張風華絕代的臉鎮住，舌頭打結在一起，說不出話來。

這……這一看就是有權有勢的人啊！

他心裡一喜，難不成江雨橋被什麼大人物看上了？

林景時對他露出一抹意味難辨的笑，江大年如獲至寶，欣喜地對他拱手，殷勤道：「不知這位是哪位貴人？」

被他不停往後推的江陽樹站在他身後，聽著自己親爹那諂媚的語調，眼淚都快出來了。他咬緊下唇，姊姊同林掌櫃的事情他也看出一二，如今江大年這麼做，那不是讓姊姊在林掌櫃面前大大地失了面子？

江雨橋卻沒有他想得多，江大年是什麼人，對她來說丁點兒也不影響心情。

她笑看著林景時，對江大年悄悄撇了下嘴，示意林景時接話。

林景時哪裡會不知道江大年是什麼樣的人？心中不以為意，只是怕江雨橋覺得丟臉，看到她的表情才暗暗鬆了口氣，掛上疏遠有禮的笑容。

「在下不過縣城中一繡莊的小小掌櫃，你是？」

江大年臉有些燙，殷切的手也慢慢收了回來，緩緩站直身子。

就只是個掌櫃？他失望地將右手握拳放在嘴前，輕咳一聲，掩飾自己方才的失禮，臉上又換上嚴肅的神色，端的是一副為女兒著想的好爹爹模樣，皺著眉對江雨橋道：「雨橋，下車。」

江雨橋見他變臉變得如此快，像是看到了什麼笑話，「咯咯」笑個不停，透出幾分少女的天真。

林景時看著她的笑臉，驀地有些心疼。他斂去臉上的笑，瞇起眼睛，聲音如同利劍刺向江大年。「你是什麼東西？」

江大年莫名一抖，下意識地退後幾步，簾子隨著他的動作落下，遮擋住車內的二人。

江雨橋似笑非笑地看了他一眼。「林掌櫃可真凶。」

林景時抿了抿唇，輕哼一聲。「不知道他找上門來是為了何事？」

江雨橋扶著靠椅，彎腰站起來。「總不過錢啊、地的，出去看看吧，省得讓他以為咱們怕了。」

江大年在馬車下臉色青一陣、白一陣，想上前再掀開，又想到林景時那陰森的目光，忍不住退縮。

正猶豫著就見簾子從裡掀開，林景時率先跳下馬車，伸手扶江雨橋下來，待她站穩了，還給她細心地整理了下身上的大氅。

那大氅流光溢彩，憑藉江大年的眼力是看不出什麼皮毛做的，但上面的每根毛髮上都寫著「我很值錢」這四個大字。

江大年心裡一突，覺得林景時方才定是騙了他。他後悔得想抽自己臉，可若是再貼上去詢問林景時……這短短時間內變得太快，任由他臉皮再厚也說不出口。

那糾結的神情掛在臉上，江雨橋一眼看穿江大年心中的想法，輕嘆一口氣。他的城府如此淺，自己剛回來時，又是怎麼對他還抱有一絲希望的呢？

她朝江陽樹伸手。「小樹，來。」

江陽樹癟癟嘴，壓下心底的焦急和委屈，上前握住她的手，聲音有些哽咽。「姊，我沒想到……」

江雨橋搖搖頭。「咱們進去再說吧。」說罷牽著他進了門檻。

林景時笑著與他們走在一起，三人把江大年甩在身後，誰也沒搭理他。

江大年猶豫片刻，狠狠地瞪了三人的背影一眼，抬腳遠遠跟上。

江陽樹淚珠在眼中打轉。「姊，都怪我不好，我想去瞧瞧之前的同窗，誰知道走沒多遠就遇到爹蹲在街頭賣春聯……他一見到我就撲上來，明哥說我不能在大街上與他拉拉扯扯，在鎮上留下不孝的名聲，就帶著他來了李叔家。」

江雨橋安慰地拍了拍他的手。「小明說得對，你日後是要考科舉的，名聲才是頂頂重要的。」

江陽樹低下頭。「可……可是我又給妳添麻煩了，若是我不跟來鎮上就好了。」

江雨橋停下步伐，捏著他的小臉。「這個世上任誰說給我添麻煩，你同爺奶也不能說這句話，知曉了嗎？」

「嗯……」江陽樹摸了摸被捏疼的臉，終於露出笑容。「姊，我知道了。」

林景時只覺得眼前這一幕似曾相識，抬手摸了摸自己的臉，低笑道：「我才發現，妳倒是喜歡捏臉。」

江雨橋的臉一下子脹紅，江大年見三個人不知怎的停下來，心裡抓心抓肝的，終於耐不住快步上前，擠出笑來。「雨橋，爹尋妳有事。」

江雨橋也不想把他往裡帶了，李牙如今怕是忙著替李大廚按摩腿腳呢。

她點點頭。「爹同我來吧。」
江大年心裡歡喜，趕忙跟上她。
江雨橋把他帶到西廂，沒燒炕的屋子冰冷刺骨，似乎比外頭還冷上兩分，江大年一進去就打了個冷顫，江雨橋卻恍若未覺，低頭不看他，口中道：「爹有何事？」
江大年張張嘴，只覺得女兒竟然變得如此讓他難以捉摸，他忍不住提起心，看了看四周。「那個……雨橋，讓妳弟弟同這位……這位掌櫃出去？」
江陽樹聞言，把江雨橋的手捏得更緊了。
江雨橋抬頭笑了笑。「爹無須在意這個，這都是我的家人。」
家人？
江大年審視的目光又溜到林景時身上，見他不動聲色，像是早就習慣同江雨橋一起面對事情，心裡越發嘀咕起來，也不知道他到底是什麼身分？
江雨橋可沒耐性等他想太多，沈默地看著他兩眼滴溜溜地轉，一看就是打著壞主意，頓覺索然無味。「爹若是不說，那便回去吧，明日我們就回縣城了。」
「別別別，我尋妳有正事呢。」
江大年生怕她再跑了，一股腦兒把想了許久的話全抖出來。
「你們去縣城過得可還好？我同你娘在家裡日日惦記你們兄妹，不若咱們還是一家子住在一處，也好幫你們看看鋪子，豈不是兩廂便宜？」

江陽樹眼神閃爍，江雨橋像是聽到什麼天大的笑話般，驚愕嘲弄地看著他。「爹，當日你們同我們鬧得可是全村人都作了證。」

她越發覺得無趣，臉上嘲意更盛。「我不同你們計較賣我做妾之事，也不計較我與小樹挨打之事，甚至不計較你收了許遠的錢，要把我賣去結陰親這喪盡天良的事，只求日後莫要再見。爹，若你真還顧念丁點兒情誼，只求你放過我們一家吧。」

嘴上說著求，這一句句的話卻像搧在江大年的臉上。他心中著急，上回許遠派人給了他五十兩銀子呢，他頭一回知道自己這閨女竟然這麼值錢，若不是他身子骨不好，家中也沒有餘錢，早就尋到縣城去了！可巧如今能逮住她，哪能就此作罷？

江大年的腦子早就被酒給侵蝕了，稍微複雜些的事情一想就疼，琢磨好半晌沒想出如何應對江雨橋那番話，乾脆耍賴似地一屁股坐在冰涼的炕上。「我養了妳那麼些年，又供小樹讀書，如今妳就眼睜睜看著我同妳娘去死?!」

江陽樹瞪大眼睛，剛要說話，卻被江雨橋攔住。

她對江大年微微一笑。「爹，明人不說暗話，你要多少錢？」

江大年聽到「錢」字，一下子歡喜至極，顧不得別的，抬頭驚喜地望著她。「怎、怎麼也得……一百兩！」

「一百兩？你以為我們有多少錢？」江陽樹再也按捺不住，滿臉漲得通紅，想到林景時還在一旁，頭一次生出了想殺人的心思。

江大年躲閃著他的眼神，口中胡亂道：「那許遠都給了五十兩，你姊還不如個外人？」

江陽樹捏緊拳頭。是了，這一年的舒心日子，早就抹平了當初在村子中的痛，可午夜夢迴每想起一次，他就更恨一層。自己恨，也替姊姊和爺奶恨。

他小小的心快被恨意撐開，整個人不自覺地開始發抖。

江雨橋察覺到不對，輕輕把他攬在懷中，冷漠地看著江大年。「既然許遠給了五十兩，那我也只給爹五十兩。要便要，不要的話，一文錢都沒有。」

江大年眉頭一皺就要反駁，林景時卻上前兩步把江陽樹拉了出來，讓他站在自己身邊，輕聲道：「看著，這個就是你的爹。」

他的聲音極具蠱惑力，江陽樹不自覺跟著他的聲音抬起頭，赤紅的眼睛就這麼盯著江大年。

江大年只覺得自己被一頭狼崽子盯住了，渾身都不對勁。

江雨橋拿出五十兩銀票甩了甩。「要，便拿走；不要，那你便自己走吧。」

江大年一下子彈起來，衝上去想搶江雨橋手中的銀票，江雨橋反應飛快，又把銀票塞回懷中，笑吟吟地開口。「爹以為這錢如此好拿？既然你能五十兩賣了我，也能五十兩賣了小樹吧？寫一張文書把小樹也歸在爺奶名下，這銀子就是你的了。想要這五十兩，總得賣個孩子才成。」

江陽樹眼睛一亮，驚喜地喚了一聲。「姊！」

江大年愣在當場，萬沒想到她竟能說出這麼一番話！

空氣像被寒冷的雪花凍住，屋中四人陷入了詭異的沈默。

江陽樹期待又緊張，視線在江雨橋與江大年之間來回。

江雨橋倒是淡定，見江大年沒說話，又摸出那張銀票拍在手上。「嶄新的銀票，可是錢莊剛做出來的新貨。五十兩銀子啊……都能買上十畝地了，躺著吃喝也能過下半輩子，更何況……爹不是想考科舉？這手還治嗎？書還讀嗎？路費可有了？」

江大年的心隨著她的話一點點往下沈，心底卻還有那一丁點的盼頭。

他沙啞地開口：「我……只有這麼一個兒子了。」

林景時嗤笑一聲，驚醒了他。「那鋪子是寫在雨橋名下的。」

「什麼？」

江雨橋不管他多麼驚慌，接著林景時的話道：「爹不知道嗎？縣城的一切都是爺奶給我做的嫁妝。小樹將來……一文沒有。」

江大年求助般地看向江陽樹，確認到他肯定的眼神，徹底沒了指望，口中喃喃罵著老江頭。「……瞎胡鬧，哪能如此……」

江雨橋可沒什麼耐性，她一言不發轉身就往外走。江大年見她竟然真的拔腿就要走，心底有個聲音一直重複著「她敢，她說的都是真的，她真的敢」。

眼看江雨橋要出門了，他一咬牙。「等等！」

江陽樹心中不知什麼滋味，垂下眼眸。果然啊，自己又要被江大年放棄了。

江大年瞪著眼睛，像是鼓著氣的蝦蟆，一下一下長吁著氣，努力壓下心底雜亂的想法，視線卻不受控制地往江雨橋手上的那張銀票瞄。

「八十兩！小樹怎麼也值八十兩！」

江雨橋冷笑一聲沒有回話，又往前走了兩步。

「五十！就五十兩！五十兩我簽了！」

江陽樹嘴角彎起，再抬起頭來卻兩眼含淚，顫巍巍喚了一聲。「爹……」

江大年努力不去看他，兩隻眼睛黏在銀票上，貪婪道：「給我，給我銀子，我簽了，小樹跟著你們總比跟著我這沒本事的爹強。」

林景時似笑非笑地看著他，像是在嘲笑他掩耳盜鈴，都這個地步了竟然還說這些場面話。

江大年絲毫不以為意，上前就要搶銀票。

林景時一把捉住他的手，聲音低沈冷冽。「先把契約簽了再拿錢。」

說完抬頭對江雨橋道：「亭長那兒應當已經解決了，現在咱們直接過去吧。」

江雨橋沈吟片刻，搖搖頭。「這事還是要村長叔經手過才成，當初就是託他辦的，小樹的事情越過他不太好。」

林景時愣了一下，眼中滿是欣慰。「還是妳想得周全。我派人去村子一趟，接村長過來。」

江雨橋急忙阻攔。「天已經晚了……」

林景時深深一笑。「無事的，村長說不定還會高興。」

江雨橋同江陽樹摸不著頭腦，林景時已經出去喚人進來，看了江大年一眼，對來人道：「把他也帶回村子吧。」

江大年凍得鼻子直抽，方才有銀票吸引著沒察覺，如今見到手的銀票就這麼要飛了，像一根被蘿蔔吊在眼前的驢，抻著脖子，哀求地看著江雨橋。

江雨橋當作沒看見，笑著點點頭。「麻煩林掌櫃了。」

江大年的心拔涼拔涼的，看見來人一身勁服，在這數九寒天還穿著薄薄一層衣衫，一看就是練家子，也不敢反抗，依依不捨地看著江雨橋。「那、那我先回去了，雨橋明日一早可派人接我去。」

江雨橋覺得好笑。「爹正巧回去同娘商議一下，若是定下了，明日一早就自己來縣城吧。」

江大年委屈極了，從尋了那李嬤嬤來家裡，家裡的一切都變了。他暗啐兩口，同羅氏商議？那個敗家娘兒們！

此時他也只能跟著來人出去，一步一回頭，走到小院門口，對著幾人喊道：「明兒一早我就來啊！」

江陽樹嘴角含笑，玩笑似地同江雨橋道：「爹倒是迫不及待想賣了我。」

江雨橋心疼地看著他，嘴上卻打趣道：「日後你就是姊姊的小長工了。」

一句話逗得江陽樹複雜的心情好了不少，他蹭到江雨橋肩上。「我一直是姊姊的小長工。」

林景時伸出長臂把他拉起來。「既如此就莫要做這小兒模樣，快些去看看李叔吧。」

第二十二章

李大廚如今躺在炕上，李牙被醫女指揮得滿頭大汗。「是這兒嗎？我要用力？」

醫女依然面無表情，看了一眼他手的位置，微不可見地點點頭。「就這兒，按十下。」

李大廚只覺得一陣痠麻，膝蓋終於能感受到炕上那股隱隱的熱氣，欣喜道：「熱乎了！」

李牙沒想到這麼有用，對醫女那叫一個五體投地，兩隻大眼亮晶晶地看著她，差點把醫女看得皺起眉來。

恰好這時候江雨橋三人進來，醫女上前對林景時行禮。「掌櫃的，這邊都已經處理好了，李大廚的風濕需要慢慢調養。」

林景時應了聲。「既如此，回去縣城後妳開始給李叔調養吧。」

醫女拱手，悄悄退了下去。

李牙「欸欸」兩聲，見她頭也不回，眼睛更亮了。

李大廚打量著那目光還落在門簾上的傻兒子，琢磨片刻，心裡一喜，開口道：「人都走了，你還看個屁！怎地，想看娶回家看！」

江雨橋驚得一咧嘴，卻沒想到李牙「嘿嘿」傻笑起來，回頭竟然咬了咬下唇，不顧幾人像見了鬼的表情，羞澀地低聲道：「爹，她……她真好看。」

江陽樹到底還小，張大嘴巴抖了抖。「李、李牙哥……」

李牙把目光移向他，露出自信的笑。「你這小豆丁懂什麼？她是天底下最好看的姑娘。」

江陽樹渾身一哆嗦，環顧了一下屋子，想了想李牙身邊，果然是沒有別的適齡女子了，只能道：「我看我姊才是天底下最好看的姑娘。」

李牙一揮手。「說你不懂就是不懂，你姊那是妹妹的好看，那、那姑娘是媳婦兒的好看，能一樣嗎？要真的比，當然還是媳婦兒好看些。」

江陽樹被堵得啞口無言，敗下陣來。「李牙哥說得真有道理！」

李牙得意地「哼哼」兩聲，蹭到林景時眼前。「林掌櫃啊，我能問問這醫女姑娘名字叫啥嗎？老是叫醫女、醫女的，顯得可生疏了。」

林景時也覺得有趣，認真道：「我身邊的人都是按照職能取名字的，大夫的名字就叫大夫，醫女的名字麼，自然就叫醫女了。」

屋裡眾人。「……」

真是簡單明瞭！

李牙卻替醫女心疼起來，嘟囔道：「等她嫁給我了，我定要同她一起取個好聽的名兒才成。」

林景時神情嚴肅起來。「李牙，醫女可是奴籍。」

李牙和李大廚同時一愣，李大廚尚未反應過來，李牙道：「奴籍怎了，人家有本事、有相貌還識文斷字，我還生怕自己配不上人家。」

林景時拍了拍他的肩膀。「我不過是怕你在意這個罷了，雖說你不在意，可那時候我自然會放了她的奴籍，只是我從不強迫手底下的人，你若真想娶她，那便只能自己努力了。」

李牙信心滿滿，摩拳擦掌，像是要去同誰決鬥一般，一揚拳頭。「我定然會讓她答應！」

江陽樹踮起腳尖湊到江雨橋耳邊，小聲道：「姊，醫女姊姊……長得好看嗎？」

江雨橋一下子不知道怎麼回答，想了一會兒，回道：「人間的美千百種，哪裡全都千篇一律，醫女自然有她的美，李牙哥慧眼獨具，發現了她的美，那豈不是美事一樁？好了，你還小，莫要糾結於這個，待會兒村長叔就要來了，明日咱們可就要去簽文書了。」

江陽樹的心思瞬間又回到自己身上，心不在焉地點點頭，被江雨橋哄著出去燒炕。

李大廚趕了李牙去準備晚上的飯菜，哭笑不得地搖搖頭。「這孩子就是這麼一根筋，怕回了縣城有得熱鬧瞧了。」

江雨橋簡單地同他說了下方才幾人同江大年的事情。

「……今晚村長叔可能要在這兒住一宿，麻煩李叔了。」

李大廚緩緩吐出一口氣。「這有什麼麻煩不麻煩的，只是可憐妳與小樹兩個孩子。」

江雨橋挽起一抹笑。「我不可憐，小樹也不可憐，既然他們不配做爹娘，那便不做。」

李大廚贊同道：「的確如此，我最煩那些愚孝之人，妳這爽利性子才能活得明白。」

江雨橋苦笑，聲音低下去。「我也是走了許多的彎路，才認清了現實。」

林景時心裡一動，想起她說的夢中二十載，出聲打斷她。「莫要想這些不高興的事情了，我看時辰，村長快要到了。」

話音剛落，就聽到院門口的馬蹄聲傳來，江雨橋大吃一驚，急忙迎出去。「這麼快！」

張村長剛跳下馬車，尚未來得及同江雨橋打招呼，就聽到另一輛馬車也「噠噠」駛來。張村長下意識一回頭，就看到沒停穩的馬車上跳下一個人。

他定睛一看，驚呼道：「亭長大人？」

亭長腿腳發軟，縣丞老爺親自去尋他說李家的事，這李家的後台是頂了天了！他匆忙把蔣班頭先收押起來，胡亂批了個罪名，讓他在大牢裡蹲上一年。

原本林景時的意思是蹲上幾個月，還了李大廚的債即可，可亭長哪裡敢隨意應付？縣丞老爺那話裡話外高傲的模樣讓他心底發虛，猶豫半晌才決定先判上一年，若是李家不滿意，再多加幾年也無妨。

縣丞處理完了也不耽擱，還想在林景時面前表現表現，甩手就要走。

亭長別看辦事喜歡和稀泥，拍馬屁這種事可是當仁不讓，一把好手，死皮賴臉地跟著縣丞來了，擠上同一輛馬車，端茶、倒水地伺候了一路。

現在跳下車正要回身扶縣丞，就被張村長一聲「亭長老爺」嚇得魂兒都掉了半邊。

他驚恐地回身尋著說話的人，眼看這人面熟，琢磨片刻想了起來，這不是自己手底下的一個村長嗎？這才鬆了口氣，謹慎道：「可不能這麼叫，我哪裡是什麼老爺，真正的老爺在車裡呢。」

張村長心裡一驚，壓下快跳出嗓子眼的心，垂手站在亭長身後，等著車上的「老爺」下車。

誰料縣丞壓根兒不用亭長扶，自己跳下車來，先看了一圈，看到江雨橋時兩眼發亮，擠開亭長湊上前道：「江小姐如何站在外頭，這天越發地冷，可莫要凍著。」

江雨橋對他行禮，恭敬道：「本想出來迎迎村長叔，卻沒想到縣丞老爺正巧也到了，怠慢之處還望您莫要責怪。」

「那哪能責怪呢？」縣丞臉上的笑意越發燦爛。「不知江小姐說的『村長叔』是哪位？」

張村長一頭霧水，張大嘴巴。

縣、縣丞？他可從未見過這麼大的官！

聽見縣丞問他，恍恍惚惚地上前，腿腳一軟，跪倒在地。「草民乃是張家灣村長。」

縣丞急忙親自扶起他來，拉著他的手拍了拍。「老哥哥是王小姐家鄉的村長吧？一家人、一家人，無須拘禮。」

張村長渾身都不自覺地抖了起來，緊張得手腳都不知往哪兒放了。

亭長見狀，湊了上去。「天氣冷，咱們都進去吧，我看張老哥也凍了許久了。」

縣丞點點頭，對江雨橋有禮地點點頭，拉著張村長就往裡走，從背影看宛若一對親兄弟。亭長眼珠子一轉，抬腳跟上，看來這張家灣是得好好照顧、照顧了。

這一夜李家可是久違的熱鬧，張村長過了初時的驚慌，慢慢回過神來，一句話不敢多說，揣摩著這群人的關係，終於看出些頭緒來。

這縣丞怕是聽那個林掌櫃的，而那個林掌櫃麼……他偷偷看了一眼面若春曉的江雨橋，林掌櫃若是成了他們張家灣的女婿，那他們得受多大的好處！

思及此，他拍著胸脯保證，明日就寫江陽樹落戶的文書送到亭長那裡。亭長一聽還有他的事，可算能表現一回了，急切地看著林景時，恨不能當場就把印給蓋好。

酒足飯飽，賓主盡歡，為了能和縣丞老爺拉近關係，亭長裝醉賴在李家。林景時一笑，指著縣丞道：「李叔家怕是住不下了，你尋個地兒湊合一宿吧。」

「昏迷」在椅子上的亭長一下子蹦起來，挽著縣丞就要往外走。「去我家、去我家，您與我再喝一輪。」

縣丞倒是沒糊塗，臨走前提上了受寵若驚的張村長。

送走了這老三口，江雨橋站在門外，長長鬆了口氣。

林景時含笑問道：「張村長可高興？」

江雨橋從袖袋裡摸出一個荷包，朝他晃了晃。「這是村長叔帶給我的，沒想到我畫的花樣子如今每個月還在掙錢，張嫂子也是有心了。」

林景時笑著摸了摸她的頭。「妳看，多少人惦念著你們。」

江雨橋抿抿唇，心下也有幾分感動，更多的卻是猶豫。「若是……明年……我要怎麼才能提醒村長叔呢？」

林景時眉頭微蹙。「既然妳已經把這件事告訴我了，我們自然要一同面對，怎麼都能尋個理由，莫要擔憂了。」

江雨橋垂下眼眸。「我怕漏了風聲，只敢偷偷存糧，村長叔、王二叔幾家與我們交好的人家混個肚飽沒問題，可村中其他人如今再存糧也來不及了。」

「來不及便來不及。」林景時的聲音竟有罕見的冷漠。「妳能護住幾家人已是萬幸了，一村一鎮甚至一縣，妳能救多少？到那時若是被人知道妳手中有存糧，怕是連我……也護不住你們。」

江雨橋沈默許久，苦笑道：「是我得隴望蜀了。」

林景時眼神閃爍，閉上眼睛。「雨橋，真有亂象，我怕是不能整日陪在你們身邊，妳定要冷下心腸才成。」

江雨橋咬唇點頭。「我知曉的，我買那小院也是因著這個。我們家做吃食的，若真有人進了城，頭一個尋的定是吃食鋪子，到時候我把鋪子一鎖，最多留下幾口糧食，哪裡能管得了許多。」

見她想得通透，林景時也放下心來，輕聲安撫道：「快去休息吧，咱們出來一整日，爺奶在家怕是不知操心成什麼樣子，明日一大早小樹的事情解決了，咱們要趕緊回去了。」

江雨橋離去的背影有幾分寂寥，林景時站在李家門外的巷子裡，仰頭看著天上慘白的一彎月。

影子悄無聲息地現身，站在他身後。

林景時聲音冷得像是房簷下的冰凌。「娘娘怎麼說？」

影子的聲音帶著幾分酸澀。「娘娘說……就算是真的，讓您也不要插手。」

林景時了然地笑了一下，那笑意卻未直達眼底。「人都死了，娘娘還放不下嗎？」

影子從不會安慰人，如今更是不知道說什麼好，只能道：「主子，畢竟還有幾位皇子。」

林景時一揮手，影子就消失在夜色中。他獨自站在原地，直到雪落滿肩頭，染白了他的髮，依然一動未動。

第二日一大早，江大年就跑來敲門。冬日天短，矇矇的天尚未大亮，李家小院的所有人都被他的敲門聲吵醒。

李牙怒氣沖沖地披上一件衣裳就去開門，江大年一見這壯漢橫眉冷對的樣子，膽戰心驚地說不出話來，半晌才結巴道：「我、我是雨橋和小樹的爹……」

李牙反手把門甩上，差點把江大年的鼻子砸扁，看著穿戴整齊出來的江雨橋，嫌棄地撇嘴。「雨橋，妳那個爹來了。」

江雨橋被他的表情逗笑了。「李牙哥，開開門吧，怎麼也得讓他進來。」

李牙「哼」了一聲，又把門打開，粗聲粗氣道：「進來！」

江大年邁著麵條般軟的腿跨過門檻，江雨橋一看到他，臉上笑意更深。江陽樹看著他眼睛上兩個明顯的烏青，憋不住偷笑。

江大年卻管不了這麼多，焦急道：「村長呢？咱們快些去吧。」說完往後看了兩眼，像是怕誰追來一般。

江雨橋指了指天色。「爹莫要著急，如今亭長怕是尚未起呢。」

江大年一跺腳。「唉唉，我怕妳娘過來！」

江陽樹戳了戳江雨橋的後背，江雨橋輕咳一聲，終於問道：「爹這眼睛……」

總算被江大年找到機會訴苦了。

「還不是你們娘，非不同意，我才是一家之主，再說這也是為了小樹好對吧？昨夜我們倆爭執了半宿，今兒天沒亮我就跑來了。」

到底是親娘，江陽樹眉頭皺起，出聲問道：「娘沒事吧？」

江大年急忙擺手。「沒事、沒事，我都沒還手呢，任她打去，我一個大男人還能跟她計較？只是怕她追上來，咱們早些辦了吧。那個……雨橋，爹為了這件事被打成這個樣子，能不能多些……」

江陽樹剛熱乎幾分的心瞬間冷了下來，低下頭不出聲。

江雨橋對剛出來的林景時道：「林掌櫃，煩勞你派個人去喚一下村長叔，咱們先把事情辦了吧。」

林景時一出來，江大年就不敢說話了，掛著微笑直直看著他。

林景時恍若未見，說道：「走吧。」

有了林景時的加持，此事辦得極快，甚至那文書都是亭長親自寫的，只道到時把放在老江頭那兒的戶籍拿過來填上就行。

出了衙門，江雨橋終於搬去心中大石，拿出五十兩遞給江大年。「收好吧。」

江大年見了銀票，欣喜若狂，抱在懷裡像是抱著親孫子，笑得正開懷，冷不防被一個人撞倒。

他不顧一切四腳朝前爬，先把飄在地上的銀票撿回來，塞進懷中才回頭怒視來人。

那人已經抱著江陽樹放聲大哭。「小樹，你怎麼就狠心捨了娘啊！」

江陽樹反手抱住羅氏，聲音哽咽。「娘……」

江雨橋看了一眼母子二人，逕自上了車，把這短暫的時光留給他們。

過沒多久，江陽樹就掀開簾子，有些羞赧地不敢看江雨橋，踟躕道：「姊……能給我點錢嗎？」

江雨橋嘆口氣，摸出一張二十兩的銀票。「去吧。」

回縣城的路上，江陽樹一路沒說話。

對江雨橋來說，羅氏是對她非打即罵的惡毒後娘，可對江陽樹來說，卻是從小呵護備至的體貼親娘。江雨橋不知該如何安慰他，索性也閉口不言。

林景時不知為何也沒有打圓場，閉著眼睛假寐。

一路沈默，直到進了縣城，林景時才睜開眼睛，看了一眼默不作聲的姊弟二人，輕笑一聲。「快到家了，這副樣子怕是江爺爺同江奶奶要起疑心了。」

江陽樹這一路也想了通透，羞紅著臉鑽進江雨橋懷中。「姊……是我錯了。」

江雨橋長嘆一口氣，摸了摸他的頭。「你並沒有錯，方才我不說話不過是怕打擾了你。你也大了，對人、對事要有自己的決斷，萬不能隨意就被人影響。」

江陽樹臉色也嚴肅起來，認真點頭。「我曉得。」

正巧馬車緩緩停下，聽到馬兒打了個響鼻，江陽樹笑得開懷。「姊，牠真逗。」一江雨橋笑了笑，對林景時道：「這一趟多謝林掌櫃了……」

早就跳下馬車的李牙有些焦急地掀開簾子打斷她。「快些下車吧，江爺爺在門口站著呢。」

江雨橋愣了一下，壓下後半句話，匆匆跳下馬車，手伸在半空中的林景時無奈地搖搖頭，轉而扶著江陽樹下車。

一家子見面，江老太許久沒同孫子、孫女分開了，眼眶通紅。

老江頭急忙上前拉著江雨橋的手。「林掌櫃派人回來取戶籍是怎麼回事？大夫說認識那人，我就給他了。」

江雨橋沒想到林景時竟然如此貼心迅速，心中暖洋洋的，感激地同他對視一眼，一邊扶著老江頭往裡走，一邊與他細細說起江陽樹的事情。

老江頭坐在椅子上，許久才開口，聲音中不知是落寞還是欣慰，有些發顫。「好，如此也好，對小樹好，對咱們都好……」

賴明生怕他的病受不住，忙轉移話題。「……醫女姊姊看著高冷得很，李牙哥這一路湊在人家身後說話，也沒回幾句話。」

這倒是件喜事，老江頭驚喜地看向他。「李牙竟然瞧上了人家姑娘，快帶我去看看，咱們可得好好招待人家，不能給李牙扯後腿。」

說罷激動地站起來，往門外走了幾步，停住腳步回頭炯炯地看著江雨橋。「雨橋，晚上妳親自做頓飯，讓醫女姑娘過來吃飯！」

江雨橋哭笑不得，上前拉住他。「爺別急，八字還沒一撇呢，您這麼急著過去，豈不是嚇著醫女姊姊了？不如喚李牙哥過來問問。」

老江頭一拍手。「說得對！」轉頭朝外頭招呼。「李牙、李牙！」

李牙正依依不捨地看著醫女隱入繡莊的背影，冷不防聽到老江頭的話，一個激靈回過神，癟了癟嘴又看了繡莊大門一眼，才進了鋪子。

老江頭見他垂頭喪氣地進來，「嘖」了一聲。「你瞧上人家姑娘了？」

「嗯……」

在旁邊聽了半晌的江老太，看到李牙這委屈的樣子，踮起腳尖，用力一拍他肩膀。「男人家家的，怎麼這麼矯情！喜歡就找人上門說媒去，這事包在奶奶身上！」

李牙的臉紅得都快要炸開了，央求地對江老太道：「奶奶可別，我……我要等她心裡願意呢。」

李大廚一進來就看到李牙這羞赧的模樣，雞皮疙瘩都要起來了，咧咧嘴斥了他一句。「正經些，怎麼同你奶奶說話的？」

李牙臉都紅得發紫了，胖大的身子扭了一下，一跺腳。「反正、反正別去提親！」

這下子全鋪子的人雞皮疙瘩都起來了，老江頭張大嘴想笑，又不好意思笑，憋得臉和李牙有得拚。

江雨橋對著露出愣色的林景時一眨眼。「林掌櫃，晚上記得把醫女姊姊叫來一起吃飯。」

李牙低下頭小聲道：「晚、晚上我來做飯。」說完就鑽進了後廚。

林景時忍著笑點點頭。「自然，那我先去收拾一下。」

李牙不知是不是一直躲在簾子後頭，聽到他這話，耐不住地探出興奮的臉。「林掌櫃，多謝你了！」

林景時被他扭捏的嗓音嚇得落荒而逃，老江頭早把江大年撇在腦後了，指著林景時的背影哈哈大笑。「可從未見過林掌櫃這副樣子。」

李牙嘟起嘴來「哼哼」幾聲。「爺爺可別笑話我了。」

晚上這頓飯果然是豪華非常，李牙甚至還偷偷用了江雨橋調製的番椒塊，做了一小鍋銅鍋子。小銅鍋也就平常缽子大小，下頭放著銀霜炭，上面「咕嘟咕嘟」瀰漫著熱氣，鍋中翻滾的手切薄肉片看著極為誘人，引得向來愛吃這個的江陽樹小小地歡呼一聲。

誰料李牙端上來卻悄悄擺在醫女眼前，神秘地朝她眨眨眼。「妳一個弱女子，為了咱爺們的事大冷天特地跑一趟，多吃些暖暖身子。」

江陽樹目瞪口呆，看著美味從自己眼前一閃而過，只留下鼻尖那一縷殘香。

醫女擠出僵硬的一抹笑，說了句「多謝」，話音剛落就飛快地收回去，又變成那面無表情的一張臉。

李牙卻像是受了極大的鼓舞，握緊拳頭給自己慶賀一下。

可憐巴巴的江陽樹看了看醫女眼前的銅鍋子，懂事地沒說話。

賴明給他挾了一片水煮肉。「多吃些。」

他抿抿嘴點點頭，湊到賴明耳邊咬耳朵。「明哥，我看李牙哥日後定然是個怕媳婦的。」

賴明憋住笑回他。「男人怕媳婦才是好男人呢。」

江陽樹輕哼一聲。「我日後啊，定要做一家之主。」

江雨橋聽兩個小的越說越遠，連醫女冷若冰霜的臉上都泛起一絲可疑的紅暈，伸出筷子敲了下他們的頭。「話真多，快些吃飯。」

兩個孩子對視一眼，吐吐舌頭，乖巧地止住話頭。

老江頭和江老太越看醫女越滿意，身子粗壯點好，好生養。臉方些那更好了，福相。眉毛又濃又密，鼻梁又高又挺，真是個好孩子！

一頓飯沒吃完，江老太已經挪到醫女身邊坐著，拉著她的手，「委婉」地套起了近乎，幾句話就把李牙誇得天上有地上無的。

醫女從未見過如此熱情的老太太，她求助似地望向林景時，林景時垂下頭當沒看見。

江老太笑得誇張，臉上滿是慈愛。

醫女有些不適應，李牙端著剛做好的菜一出來就看到這一幕，虎目一瞪，三兩步躥上來，站在醫女身後半步喚了一聲「江奶奶」，然後拚命給她使眼色。

江老太只能停下來，李牙的眼睛都快抽筋了，她瞪了他一眼，笑著拉著醫女的手。「閨女，以後天天來家裡吃飯啊！」

醫女從小被師父帶大，哪裡能禁得住江老太這眼神？她胡亂點著頭，江老太心滿意足地拍了拍她的手，站起來又瞪了李牙一眼，才笑咪咪地回到自己的位子上，對左右的老江頭和李大廚隱晦又得意地點點頭。

李牙一張大臉漲得通紅，低頭看著醫女，有幾分手足無措，傻愣愣地站在那兒。

醫女嘆了口氣，抬眼望他。「你手上這菜還放不放下了？」

一句話把李牙驚醒，他這才覺出手上十分沈，趕忙把菜往醫女面前一放，半晌憋出一個字。「吃。」

醫女再冷漠也被他這傻樣子逗笑了，李牙三魂七魄齊齊飛上了天，只覺得這世間再也沒有比這笑容更好看的了。

幾個老的互相對視一眼，紛紛招呼孩子們到他們身邊來，特地把醫女左右都空出來。

林景時看了一眼含笑樂見其成的江雨橋，甩開心中一直擔憂的事情，長吁了一口氣。

許是回家就是這種感覺吧？

一家子不過短短時間沒見面，卻像是分別許久，孫秀才努力踮起腳尖，搭上李牙的肩膀。「這幾日沒吃你做的飯，可想煞我了。」

李牙喝了幾口酒，大掌用力拍打著孫秀才的背。「我也想你們啊！」

孫秀才差點吐出血來，用力推開他。「打住打住，誰受得住你這力道？」

李牙可不依，追著還要拍他，兩個加起來快四十的漢子在鋪子裡你追我趕，笑鬧追打，像是兩個頑童一般。

醫女像是也被這氣氛感染了，笑吟吟地看著逗趣的二人，心底突然酸酸澀澀，立刻開了竅。主子喜歡整日賴在江家，怕捨不得的也是這份熱鬧吧？

一場歡鬧，林景時帶著醫女回了繡莊，剛踏進門，影子就現了身。「主子，都已經準備好了。」

林景時不置可否地點頭，回身對醫女道：「這次讓妳從京中過來，就是為了多做些預防疫病的藥丸，明日妳就開始吧。」

醫女悄無聲息地行了個禮，見林景時沒說話便想無聲退下，剛走到門口，卻突然聽到林景時幽幽地嘆了口氣。「妳覺得李牙如何？」

醫女愣住，向來毫無波動的臉上也浮現一絲恍惚的神情。

林景時見她沒有第一時間回話，心底明白了幾分，垂下頭去看那茶杯中裊裊的白煙。

醫女澀澀開口。「屬下……屬下不知曉應當如何說，畢竟我們才認識一日，但我從未見過這等男子，看似莽撞，心底卻一片赤誠，如同那不染塵世的孩子。」

她扯著嘴角，苦笑一下。「李牙彷彿透明的人兒一般，比那最上等的琉璃都清透，一眼能望到底，這種人……不該是屬下這等人沾染的。」

林景時沈默許久，抬起頭來，臉上卻掛著奪目的笑容。醫女心裡一悸，莫名心慌，躲閃著他的眼神。

他聲音低沈，微帶沙啞卻堅定。「那又如何？若是認定了，又怎麼會因為這點小事而退縮？」

醫女梗住，短短一句話像是重錘落在她心底，她不自覺地捂住胸口，只聽到林景時繼續道：「妳我心中明白，似李牙這等人，對於我們這些長年生活在暗處的人來說有著天生的吸引。妳若心動了，那便同我說，我雖不是什麼關愛手下的，卻也能全了你們這份心意。」

影子與醫女不敢接話，林景時臉上的笑容更盛，看了影子一眼。「有朝一日，你若是也有這等心思，同樣告訴我，我再不濟，你們幾個的事還是能承下的。」

影子對著他深深行了一禮，想要說什麼，卻顧慮醫女在，沒有開口。

林景時揮揮手。「你們都下去吧。」

醫女恭恭敬敬地給他磕了個頭，揣著滿肚子的心事去了後院。

影子這才上前，站在林景時身後，壓低聲音道：「主子，我不會有什麼心思的，這輩子影子就跟著您。」

林景時失笑搖頭，回身看了他一眼。「你還小呢，過幾年再同我說這話不遲。」

影子有幾分不服氣，抿抿唇。「主子，您今年不過十九。」

林景時一挑眉。「哦？你二十三，有些不服氣？」

影子垂下頭。「屬下不敢。」

林景時今日像是難得的心情好，竟然同他多說了幾句。「你說……若是雨橋知曉我能救卻不救，會不會怨我？」

影子不知道該如何回答，默了片刻才道：「江姑娘心中知曉，如真有那大天災，就算您能出手，又能多救下幾個人呢？她定然不會怪您的。」

林景時沒有接話，影子心知如今並不需要他了，悄然退下，把這一室的靜謐留給他獨處。

既然人齊了，轉過日來索性就開了鋪子。

馬哥帶著他的弟兄們第一個進來，吐了一口含著的涼氣，嗅著鋪子中瀰漫的香氣，滿足地嘆息。「就是這個味兒。」

江雨橋笑著迎上去。「咱們這鋪子味兒整日都換，馬哥是聞著什麼味兒了？」

馬哥接過她遞來的水壺，自己倒了一杯水。「妳家這鋪子關了三、四日，我吃啥都沒味，家中婆娘都嚷嚷著要來找你們算帳了。」

一句話逗得鋪子裡的人都笑了起來，王衝上前問道：「那可得多吃些，馬哥今日想吃些什麼？」

馬哥一口喝下杯中的水。「今日高興，請弟兄們吃飯，你看著上吧。」

王衝忍笑打趣道：「那敢情好，正巧了，咱們剛進了一批冰魚，在冬日可是稀罕貨，只有這個時節才能嚐到這麼鮮的。還有那油炸的大排、醬燒的牛肉、用腐乳燜的羊肉，都在後頭鍋裡呢，立刻就能上。」

馬哥手一抖，差點把手中的杯子砸了，他掂了兩下才接住，心有餘悸道：「我的好弟弟，如今可正是沒活計的日子，你馬哥手裡那些錢吃得起這些嗎？」

江雨橋瞋了王衝一眼，又給馬哥倒了一杯水。「馬哥可別聽王三哥胡說，哪有什麼冰魚、牛肉的。」

馬哥誇張地拍拍胸脯。「那就好，不然我得給你們這兒刷一冬日的碗才成了。」

誰料江雨橋接著道：「……不過那醬牛肉同炸大排倒是有，多來些？」

馬哥一哆嗦，拱手求饒。「可饒了你們哥哥吧。」

老江頭拿著抹布，笑咪咪地上前來。「一回來就捉弄馬哥，快些去後廚。」

江雨橋吐了下舌頭，這才去後面準備。

老江頭也好幾日沒見馬哥了，索性與他們坐在一起談天說地，許是當初關著門過日子那十年把他悶壞了，如今一日沒有熱鬧就渾身不舒坦，今日鋪子一開門，他就不顧兒孫們的阻攔，在鋪子裡遛達。

不一會兒工夫，江雨橋就端來了幾大碟菜，身後的賴明端著一大筐饅頭。

江雨橋放下托盤，把碟子一一拿出，笑道：「快些吃吧。」

馬哥一看桌上的菜就驚住了，一碟切得整整齊齊的滷豬頭肉，撒上些許的蔥花，澆上晶亮的醬汁，引得人食指大動。一盤貌似普通的白蘿蔔，卻是一股酸香氣撲鼻而來，讓他口水差點沒忍住。

幾塊傳說中的炸大排，色澤金黃，上頭裹著乾饅頭碎，光看就能想像吃一口會有多酥脆。最後是冬日罕見的青菜，碼在碟子上，淋上土黃色的醬汁，散發著濃郁的花生香氣。

馬哥吞了吞口水，深吸一口氣。「雨橋，今日妳是打算讓我回去尋妳嫂子要錢了？」

江雨橋笑道：「哪裡需要馬哥付錢？這一年來您幫了我們不少，特別是……那件事，本打算過年時咱們再一起聚聚，既然今日兄弟們先來了，怎麼能讓你們出錢。」

馬哥一愣神，嚴肅道：「那可不成，都是小本買賣，我們一群漢子來白吃算什麼樣子？」

說罷就要從懷裡掏錢，賴明耍賴般地抱住他的胳膊。「馬哥是要跟我們生分了？」

馬哥掙扎兩下沒掙脫開，無奈地拍了拍他的頭。「不生分、不生分。」

一群早起等活計的漢子早就餓得前胸貼後背了，哪裡禁得住眼前的誘惑，馬哥剛動了一筷子，一群人蜂擁而上。片刻工夫，碟子裡就七零八落的，氣得馬哥狠狠地咬了一口饅頭。

林景時這時也過來了，見鋪子裡熱鬧非凡的樣子，面上不自覺掛上一抹笑。

老江頭一看到他，馬上站起來湊過去，誇張地往他身後探了兩眼，有些失望道：「醫女姑娘沒來啊？」

林景時頓時覺得自己失寵了，伸手扶住老江頭。「她有事留在鋪子裡。」

王衝這個好奇心旺盛的看到林景時的身影，立刻躥進廚房，這時李牙「咚咚咚」從後廚跑出來，看到只有林景時一個人，失望之情溢於言表。

「林掌櫃，就你自己來啊？」

那失寵的感覺更強烈了，林景時扶著老江頭坐到椅子上，回頭一挑眉。「應該還有誰？」

鋪子裡可有一桌子漢子呢！

李牙吭哧吭哧半晌不敢說醫女的名字。他的醫女那麼好看、那麼溫柔，若是被這群光棍漢惦記上可如何是好？

他只能懊惱又羞澀地一跺腳，扭頭進了後廚。

馬哥驚得筷子上挾的肉都落在桌上了，抖了抖唇，問道：「李、李牙小哥是怎麼了？」

江雨橋看他掉的那塊肉被人飛快地挾進自己的碗裡，示意賴明再去切一盤過來，才神秘地笑了笑。「這不春日快到了，他心中有些發熱吧。」

「春、春日？」馬哥只覺得今日鋪子裡的人都怪怪的。「這才剛過三九天呢，還得冷上一陣子。」

王衝實在憋不住了，笑得癱在椅子上。

失寵的林景時也抿起唇來。

江雨橋生怕老江頭再笑得厥過去，急忙打斷這個話題。「這天是還得冷一陣，馬哥這活計可還得一陣才能恢復吧？」

說起這個，馬哥也沒了說笑的心情，嘆了口氣。「如今臨近碼頭的水面都結了薄冰，整日整日的沒活兒。今日也就大清早接了一單衙門的買賣，這天兒也只有送年禮的才敢出船了。」

林景時看了一眼賴明笑嘻嘻的模樣，突然接話道：「那衙門的人是否帶的東西不多？」

「可不是？以往送年禮都是十幾、二十車的貨，今早竟只有半車，也不知道送哪兒的。麻雀再小也是塊肉，掙的錢好歹能吃上兩、三碗麵了。」

林景時敲了敲桌子。「馬哥莫要著急，今早那人不是去送年禮的，今年的年禮應當還是有好幾車，定能讓你們過個富足年。」

這可是好消息！

馬哥一下子高興起來，對林景時拱手。「那便承林掌櫃吉言了。」

林景時笑著點點頭，轉向賴明。「小明，過了年你回你家收拾收拾屋子，你爹娘要回來了。」

鋪子裡瞬間安靜下來，連後廚隱隱約約傳來的燒火聲都能聽得一清二楚。

賴明的笑僵在臉上，像是沒聽清他的話，一臉茫然地看著林景時，又求助般地看向江雨橋。

江雨橋深吸兩口氣，才顫抖地問出聲。「要、要回來了？」

林景時早就端了一杯溫水準備著，說完了就先餵老江頭喝下。

老江頭被這消息震得久久回不過神來，一杯溫水下了肚，才覺得胸口順暢幾分，長吁一口氣，站起來一把拉過還兀自僵著的賴明。「小明，這是天大的喜事啊！」

賴明被他拉了一把，一個踉蹌差點摔倒，站穩的一瞬間，眼淚已經滑下來。他只覺得臉上有些癢，伸手一抹，才發現是自己的眼淚。

江雨橋慌亂地給他擦著淚。「別哭、別哭，是好事。」

馬哥也很激動。賴家的事情縣城裡無人不知，他們這些親近些的人，自然多多少少知道裡面有貓膩，如今一聽說賴家要回來了，這說不定是要翻案了！

馬哥喉嚨發堵，生怕自己一說話眼淚就落下來，只能站起身，大力拍著賴明的後背，藉此來表達自己的心情。

賴明被他拍了一會兒，突然笑了起來。「馬哥，你再拍我就要吐血了。」

馬哥聞言一頓，手尷尬地停在半空中。

賴明伸手把他的手拉下，對著他行禮，才回頭看向林景時。「林掌櫃，能與我細細說說嗎？」

林景時對他的表現很滿意，這麼大的事情能在這麼短的時間內冷靜下來，看來這大半年的磨練的確有用。

他往後一指。「天要亮了，咱們莫要耽擱了買賣，去後頭我與你說吧。」

說罷對江雨橋點點頭。「雨橋，這件事事關許遠，妳也過來聽吧。」

老江頭一聽見「許遠」，眉毛就擰出了水，推了兩個孩子一把。「快去、快去，鋪子裡交給我們就成了。」

第二十三章

江雨橋和賴明暈乎乎地跟在林景時後面，待三人坐定，林景時先用眼神安撫住臉色有些發白的江雨橋，才看向賴明。

「今早去碼頭的人就是去送信的，一路快馬加鞭，你爹娘約莫十幾日後就能得到消息。這一、兩日翻案的告示應當就要貼出來了，你家的小院也會發還，你只管收拾好家裡，等著他們回來便可。」

賴明捏緊拳頭，手抖得厲害，深吸一口氣，澀問道：「林掌櫃，那翻案的告示上會如何寫？」

林景時挑眉，一句話就問到重點了。他笑答：「自然是推到那死去的許忠身上，也算是全了他這個『忠心』的名聲。」

江雨橋嗤笑一聲。「果然如此。」

林景時拍了拍賴明的肩膀，轉頭對她道：「雨橋，我把妳叫進來，也是因著這個。縣城畢竟是辰妃娘娘和許公公的家鄉，許遠不會真的撒手不管，更何況他的那些不足為人道的齷齪心思，這陣子我的人在這附近，已經抓了三、四個許遠的人了。妳一定要小心些，尤其是過了年後。」

江雨橋心裡一個咯噔。「過年後？你要出門？」

林景時輕輕頷首。

賴明直覺剩下的話他不能再聽了，對二人道：「我聽著前頭有些雜亂，怕是客人多起來了，我先去前面幫忙。」

江雨橋看著他的背影，有些吃驚。「小明竟然接受得如此快。」

林景時點點頭。「他小小年紀如此心性，日後也是妳與小樹的一把助力。」

江雨橋有幾分慚愧。「我活了這麼多年，尚且比不上一個孩子，丁點兒大的事情就擔憂得不知如何是好。」

林景時沒再安慰她，沈默一瞬，抬眼問道：「妳心中是想救他們的？」

江雨橋萬沒想到他竟然突然轉到這個話題上，才活泛些的臉上一下子僵住。

林景時看出她的未竟之意，低聲酸澀道：「雨橋，我做不到，對不起。」

江雨橋的心像是被他的話狠狠捏住，揉搓得疼痛不已，忍不住上前把手放在他的頭上。「林掌櫃，我從未怪過你，我自知自己幾斤幾兩，未曾存著做那拯救蒼生之人的念想。只不過，這兒終究是我的家，有些意難平……」

她垂下頭，把手從林景時頭上想要拿開，林景時卻先一步握住她的手。

二人一坐一立，在溫暖的房中十指相扣，聽著屋外呼嘯的寒風，雖未說話，卻彼此感覺到心安。

江雨橋狠了狠心，打破這曖昧的氣息，終於說出心底的話。「其實，若是讓我什麼都撒手不管，我怕是也做不到。之前我騙了你，夢中我不知曉那年張家灣到底有沒有爆炸，但到這個時候了還沒聽到地火的消息，應當不是天災，而是人禍。」

她深吸一口氣。「我說等災民進了城留下幾口糧食自己躲好，其實我們這一大家子的小院中存的就夠了，到時候我打算把村中地窖裡的糧都給村長叔，讓他帶著村人躲到山上去。」

林景時深深地看了她一眼。「那妳打算何時說？」

這正是江雨橋發愁的事情。「只能等快要爆炸、天生異象時，其實我……我一直不知道該不該求你，讓你提前同劉知縣提個醒。」

林景時神色黯淡下來，手上卻越發用力，不想鬆開她的手。

江雨橋心中一軟。「上回你同我說過你的身世，我雖見識不廣，但總是在後宅掙扎了二十年。是娘娘不讓你出頭吧？」

這可戳中了林景時的心事，他眼睛一瞇，神色冷然，屋內如同猛地灌入寒風，瞬間涼了下來。

江雨橋頭一次見他這樣，卻並不瑟縮，反而伸手撫上他的臉。「這才是真正的你嗎？」

林景時鬆開眉頭，屋中氣氛一緩，沙啞道：「妳猜出什麼了？」

「左不過是與辰妃娘娘有關或者她留下的皇子罷了。」江雨橋聲音越來越小，若不仔細聽，幾乎要聽不見。「許遠當日那麼焦慮，日夜不回家，雖說我不知曉最後是因著什麼才解決，但最後他並無事，許公公也無事。

「這件事並沒有給他們造成什麼無法挽救的傷害，如今既然你得了先機，定然會稟報與娘娘……娘娘是殺伐決斷之人，又怎能錯過？我只求看在咱們縣受過如此大災的分上，日後娘娘能擔待幾分，莫要因辰妃娘娘與許家……」

林景時越聽越心驚，她的話透出來的消息太多了，他想問卻又不敢問，那呼之欲出的答案幾乎就在嘴邊。

「殺伐決斷……」林景時無意識地唸著這四個字，江雨橋跟著他重複一遍。「殺伐決斷。」語氣中卻帶著肯定。

他閉上眼睛，不知在思量些什麼，再睜開眼已是一片清明。「妳是推敲出我的身分後才告訴我的？」

江雨橋沒有反駁，點點頭。

賴。

林景時就這麼看著她的臉，那張臉上沒有心虛，沒有害怕，只有平靜與隱隱的信

他猛地站起身來，輕嘆一口氣，把她擁入懷中。「怎麼回事呢，雖然妳存著利用我的心思，我卻不生氣難過，反而有著淡淡的驕傲與欣喜。」

江雨橋一直提著的心這才放鬆下來，軟軟地賴在他懷中，聲音也染上微微的哭意。「我並未利用你……」

「是我利用了妳。」林景時低下頭，把自己埋進她的肩膀，含糊不清道：「妳也不過是試探我會不會告訴娘娘罷了。我讓妳失望了嗎？」

江雨橋輕輕搖頭。「我才認識你一年，又怎能同娘娘相比？」

林景時失笑。這是能用時間算的嗎？

卻聽到江雨橋接著道：「只等十九年後，我定會占據你心中的首位！」

話中的篤定幾乎要衝出來了，林景時心中翻天覆地，被她這句話攪得不知該做出什麼表情，只能更加用幾分力抱緊她小小的身子，從唇間逸出兩個字。「妳啊……」

許久，他才抬起頭來，雙手握著江雨橋的肩，讓她與自己拉開一點距離，認真地看著她。「既然妳想救，我雖不能出手，但可以給眾人提個醒。正巧快過年了，咱們做些『示警』、『神諭』，盡人事聽天命吧。」

這已經算是意外之喜了，江雨橋頭點得如同小雞啄米一般。林景時看著好笑，點住她的額頭。「小小年紀，心思倒是玲瓏得很。」

見江雨橋伸手要拽他的手，他突然湊近她耳邊，問道：「這件事過後，縣城會如何？」

江雨橋停下手上的動作，長嘆一口氣。「還能如何？辰妃娘娘的家鄉出過如此大災，冠上不吉之地的名聲，年輕人巴不得離開家鄉，只剩下一些逃不走的老人家苦守此處罷了。」

林景時忍了又忍還是沒忍住。「那許遠呢？」

江雨橋聽出他這短短四個字中的幾分酸意，安撫地拍了拍他。「許遠？他離了這縣城還能去哪兒呢？許公公也不會讓他離開的，在這兒好歹有幾分顧念舊主的名頭，你能把他趕出縣城，我也著實沒想到。」

林景時莫名有幾分得意。「這也是趕得巧，如今許老狗正得勢，若是真出了事，辰妃被冠上不吉的名頭，哪怕是殺了許遠，許老狗怕是也不敢讓他進京。」

說罷他也跟著嘆口氣。「妳為了這一縣之民，也算是做到能做的所有事情了，置之死地而後生，日後娘娘定然不會追究的。」

得了他這麼一句準話，江雨橋心底狂喜，她一直壓在心底的事像是突然有了轉機。

她急切地拉著林景時的手。「林掌櫃方才說什麼示警，到底要如何做？」

林景時笑看她。「這種事情全天下報進京中的可真不少，十年前，某地某位婦人懷胎三年，人人都道她要生個哪吒，本以為是盛世出神仙的祥瑞，誰料卻生下一團毛球，被當作妖怪，趕忙上報朝廷，陛下當即下旨斬殺那婦人，從上到下擼了好大一批官。」

江雨橋聽得驚嘆不已，追問道：「那到底是怎麼回事？怎麼會懷個毛球？」

林景時搖搖頭。「我問過大夫同醫女，他們的師父當日也曾去親眼見過那毛球，回來苦心鑽研許久，終於從一隻貓兒身上找到了答案。」

說到這兒他又停住不言，把江雨橋急得夠嗆，林景時壞心眼地笑了兩聲，才繼續道：「這世間有一種人，或喜食土，或喜食鐵，這婦人不過是喜歡吃毛髮罷了，經年累月，那肚子越來越大，可不是像懷胎的婦人。那毛球也不是生產下來的，是……是當地的官員剖開她的肚子拿出來的，用那參湯吊著命，只求熬過『胎兒』滿月，就算陛下不賜死，她也活不了。」

江雨橋驚呼一聲，捂住嘴巴。

林景時摸了摸她的臉，繼續道：「莫怕，哪吒只懷了三年，這婦人若是過了三年還不生產，難不成還懷個真命天子不成？所以三年之期一到，她不生也得生。

「說來也是報應，那官員為了政績早些傳到陛下耳中，特地請了許多官員、貴紳在院中等候那婦人『生產』，只等著孩子第一聲啼哭時做個見證，誰料卻毀了自己的前程。」

「原來如此……」江雨橋喃喃道：「為了『祥瑞政績』，就這麼送了一條命。」

林景時不知如何安慰她，索性與她商議起他昨夜想的事情。

「既然我們不能出手，那便做些手腳吧。娘娘知曉也不會責怪妳我，畢竟娘娘比任何人都怕我變成一個絲毫不在意人命的冷血之人。」

江雨橋轉念一想就知道他話中的意思，有些心疼他，順著他的話問道：「林掌櫃想如何做？」

林景時無奈地笑了笑。「那些縝密的事情咱們必然不能做，只能做些淺顯的，妳就等著吧，到時候可莫要笑話我。」

江雨橋心知他的無奈，咬了咬唇。「林掌櫃，是我拖累你了。」

林景時輕嘆一聲。「妳我之間不必用這個詞。」

江雨橋剛要說什麼，卻聽到外面王衝在喊：「雨橋、林掌櫃，告示貼出來了！告示？」

江雨橋一時沒反應過來，林景時笑道：「應當是賴家的告示。」

江雨橋回過神來，詫異道：「這麼快？」

前面已經傳來歡呼聲，她也來不及詢問，匆匆趕到鋪子裡。

常來常往的客人對賴明這麼懂事的孩子，心底都有一分憐惜，甚至那些自覺被賴家坑了的讀書人，對賴明也從一開始的厭惡、無視，到後面的讚許，甚至論題偶爾也會拉上他。

如今冷不防見到衙役來到鋪子裡，原本嘈雜的鋪子瞬間安靜下來。

那衙役環顧一周，一眼看到賴明，從懷中掏出一張紙。「賴明，這是你家案子的告示，如今已經貼在衙門外頭了，這張是劉知縣特地讓我來送給你的。」

賴明面上絲毫看不出激動，只有嘴角一抹笑洩漏了他的心思。他暗暗深吸一口氣，雙手恭敬地接過。「煩勞官爺跑一趟。」

老江頭早就摸出銀子悄悄塞到他的手心，順勢握住衙役的手。「多謝官爺，今日可是咱們家的大喜事，官爺莫要急著走，留下喝杯水酒。」

那衙役心中早就歡喜，這銀子在掌心硌得他心底舒坦極了，對老江頭的臉色也越發柔和。「不耽擱老丈做買賣了，知縣大人尚且等著回去覆命呢。這是賴家的房契，如今也發還了，還有賴明的父母，回來後立即消籍，當日便能回家。」

賴明的臉漲得通紅，強忍下心中的激動，對衙役深深作揖。「官爺今日報喜大恩，賴明定當永記心中。煩請官爺轉告劉縣令，賴明代表賴家多謝青天大老爺明察秋毫。」

說罷乾脆俐落地跪下去，重重磕了幾個頭。

那衙役心中嘖嘖，早就聽聞賴明讀書好，看他今日這模樣，日後混個秀才沒啥問題，想到自己被秀才老爺記了恩情，他臉上的笑容更是燦爛。「賴小哥快起來吧，我定會把你的謝意傳達給知縣大人。」

匆匆趕來的江雨橋已經極有眼色地裝好一包滷肉並幾個現成的肉包，王衝上前一行禮，把手中的紙袋遞給他。

老江頭接話道：「官爺大清早為了咱們家的事情特地跑一趟，尚未吃飯吧？既然官爺還有正事，好歹帶些小東西回去墊墊。」

這個衙役倒是沒推辭，江家的滷肉在縣衙中也極為出名。他掂了掂手中的肉，怕是能有四、五斤了，大冷的日子也能同弟兄們好好喝一杯。

如此皆大歡喜，衙役回到縣衙覆命時，把江家的表現描述得清清楚楚，劉知縣一個一個人問過去，發現林景時並未在其中，有幾分失望，揮揮手對他道：「做得不錯，你先下去吧。」

衙役心驚膽戰，沒想到知縣大人竟然如此關注江家。他想了想自己的一舉一動，並未有差池，這才鬆了口氣。

他呼朋喚友解開滷肉包，發現裡面又有一小塊銀子，心裡更是對江家看重一分。這銀子怕是給他打酒用的，做事如此細心，怪不得在知縣大人面前如此得臉。

鋪子中一派喜氣洋洋，老江頭一高興，今日在鋪子裡的客人們的早飯錢一律免了。這下子鋪子裡的人可是發自內心地高興，紛紛圍著賴明，這個摸一把頭、那個拉一把手，活生生把賴明激動的心摸得只剩下想逃的心思。

江雨橋衝進人堆裡把賴明拽出來，胡亂行了一圈禮，把他往後院一塞，這才緩了賴明的尷尬。

林景時坐在院中的石凳上，身姿挺拔舒展，絲毫沒有畏懼冬日嚴寒的樣子。

賴明臉上的紅暈稍稍褪下，緩緩跪下，誠心誠意給他磕了一個頭。「多謝林掌櫃。」

林景時不置可否，沒有讓他起來，只對他道：「我已經派人去接你爹娘了，如今應當已經到了地方，只等著這邊的文書一到，他們即可即刻啟程歸來。」

賴明眼中的淚珠大滴落下，在雪地中砸出密密麻麻的坑。

林景時並未說話，任由他大哭一場，等他收了淚才輕聲道：「起來吧。」

跪在雪地中許久，賴明的膝蓋早就痠軟，他掙扎了幾下，用手撐著地才爬起來，帶著濃濃的鼻音對林景時道：「林掌櫃放心。」

林景時頷首。「你是個聰明的孩子，用小樹的一句話，你們之間不過是真心換真心罷了。」

賴明想到這大半年來江家人對他的照料，差點忍不住又要流下淚，他吸了吸鼻子憋了回去，只「嗯」了一聲，便沒有繼續說這個話題。

林景時站了起來。「你父母當日發配的時候，劉知縣心中知道有些不對，只是若不發配他們，怕是如今命都沒了，所以並未發配到遠處，也不過走了一個多月的路程。到時快馬加鞭趕回來，說不定還能一起過個年。」

又聞一喜，賴明只覺得幸福突然砸到頭上，他懵了一會兒，就這麼直勾勾地看著林景時，突然「嗷」的一聲叫起來。「我、我去告訴小鶯！」

被他的喊聲引過來的江雨橋與他撞個正著，他激動地抱了江雨橋一下，在她耳邊真誠地說道：「姊，謝謝妳！」

話音還飄在半空中，人就已經躥到前面了，江雨橋愣愣地看向林景時。「小明這是怎麼了？」

林景時臉色難看。「這個臭小子！」

他快步上前，一把抱住江雨橋，江雨橋被他搞懵了，還未回過神來他便鬆了手，恢復一貫溫文爾雅的模樣對她一笑。「前面忙不過來，我去幫忙。」

江雨橋眼見一個、兩個都這樣，好半晌才回過頭來，琢磨不清他們的心思，索性拋到腦後。

臘月二十八，鋪子徹底關了門歇了假。

孫秀才終於也放了年假，整日賴在鋪子裡，拿著一本書占著一張桌子，一天四、五頓這麼吃，短短幾日臉就圓了一圈。

江陽樹今日也不去私塾請教顧潤元學問了，反而期期艾艾地看著江雨橋。

江雨橋見他欲言又止的模樣，嘆了口氣，主動問道：「何事？」

聽到江雨橋開口，他面上泛上欣喜。「姊，我想請顧先生與四喜哥來一起團年。」

江雨橋一指頭彈在他腦門上。「這是好事，做什麼扭扭捏捏的？」

江陽樹嘿嘿一笑。「還不是四喜哥，他可想過來了，可顧先生不讓他整日來蹭飯，他想拜託我求姊姊去邀請顧先生來家裡團年。」

這話說得可真夠繞嘴的，江雨橋被這兩個小的弄得無語極了，又給了他一個腦瓜崩。「你就整日和四喜淘氣吧。」

江陽樹噘起嘴。「我也就在姊姊面前才這樣，在私塾裡同窗們還叫我『小先生』呢，說我板起臉的時候比顧先生都多。」

江雨橋想到江陽樹整日板著臉的樣子，忍不住笑著揉揉他的頭。「知道了，待會兒姊姊就去私塾請顧先生。」

江陽樹趕忙道：「還有四喜哥！」

林景時打斷姊弟二人。「我派人去吧。」

江陽樹想說什麼，江雨橋卻也知道他與顧先生的關係不一般，點了點頭。「讓四喜今日就過來住下吧，他可是許久沒來家裡住了。」

江陽樹歡呼一聲。「姊姊真好！」

林景時用力揉了一把江陽樹的腦袋，對江雨橋道：「小樹如今頗有妳頑皮的風範。」

江雨橋杏眼一瞪，臉上飛上一抹紅暈，故意誇張地行了個禮。「多謝林掌櫃了！」

林景時低頭淺笑。「罷了、罷了，這就趕我去做活，我走我走。」

果然不過半個時辰，四喜就像小尾巴一樣跟著林景時進了鋪子。江陽樹歡呼一聲迎上去，縮著脖子的四喜看見他也眼睛一亮，兩個小的激動地一把抱住，簡直像是隔了好幾年未見的模樣。

鋪子裡眾人都善意地笑起來，賴明端上李牙剛做的炸錦繡南瓜，四喜一把甩開懷裡的江陽樹，撲向賴明，捏起一塊滿足地吃了起來。

江陽樹傻傻地還維持著雙手環抱的姿勢，賴明上來兩下把他的手拍落。「快些去吃，要沒了。」

他回過神來定睛一看，滿滿一大盤竟然已經消失了大半，哀號一聲撲上去，和四喜兩人鬥智鬥勇，為了一盤錦繡南瓜差點打起來。

賴明無語地把兩人分開，一人教訓了幾句，兩個人臊眉耷眼地乖乖應下，腳底下你踢我一腳、我踢你一腳，往來得歡。

江雨橋含笑看著三個孩子，回頭對不知何時站在身後的林景時道：「小明比四喜還小一歲，倒是成了三人中的哥哥，如今他可算是完全放開了。」

自從賴明接到告示，便與江家人告了假，每日都抽出一、兩個時辰帶著賴鶯回到賴家收拾家裡。

原本老江頭和江老太有些捨不得小小的賴鶯受這個苦，可是賴明堅持要她一同去。

「總得讓爹娘知曉，不是我一個人在盼著他們回家。」

這話一出，兩個老的就偃旗息鼓了，整日依依不捨地送賴鶯出門，望眼欲穿地盼著她回來，看得賴明都懷疑自己是不是做錯了。

這些日子老倆口總覺得賴鶯馬上要離開他們了，只要有空就抱著她不撒手。

即將五歲的賴鶯這大半年養得圓乎乎的，抱著頗為沈，看得鋪子裡的眾人提心吊膽的。

家中才多了一個四喜，吵鬧的聲音直線上升，孫秀才受不了耳邊「滋兒哇、滋兒哇」的孩童叫聲，一手一個擰了四喜和江陽樹的耳朵，又回頭瞪了一眼抿唇笑開花的賴明，提著灰溜溜的三個孩子去背了一整日的書。

天色擦黑，剛從孫秀才書房同手同腳出來的江陽樹，兩眼直愣愣地對江雨橋發誓。

「姊，我再也不吵了！」

幸而轉過日來就是大年三十，今年是頭一回沒在張家灣過年，雖說早幾日裝了滿滿一車的年貨讓王衝押車送回村，分給鄉親們，可是心裡總是不得勁。

老江頭和江老太收拾了心情，坐在最中間的椅子上，看著孩子們在地上跑來跑去地佈置。

李牙撇下手中的活兒，纏著林景時。「林掌櫃，你就讓醫女過來吧。」

林景時被他纏了大半個時辰了，面上依然平靜如水，眼睛都不抬，重複著不知說了多少遍的話。「醫女說她有事，今日留在鋪子裡陪桑掌事他們過年。」

老江頭耳朵都要被磨出繭子了，看著李牙欲哭無淚、可憐巴巴的樣子，替他說話。

「林掌櫃，把桑掌事他們叫來一同過年嘛！」

林景時無奈地嘆了口氣，這都第十遍了。「江爺爺，桑掌事想同她遠方來的家人一同過年。」

雖然聽了十來遍，老江頭還是抿抿唇有幾分失望，給了李牙一個「幫不到你」的眼神，低頭餵了賴鶯一個果子。

賴鶯左看看、右看看，突然聽到門外的敲門聲，她鑽出來，滿懷期待地跟在去開門的賴明身後，看到門外顧潤元那張溫柔的笑臉，癟了癟嘴，低下頭來。

賴明也有一瞬間的失神，下一刻就笑了起來。「顧先生可算來了。」

顧潤元彎腰抱起嘟著嘴的賴鶯，對賴明道：「怎麼，看到我有些不高興？」

賴鶯乖巧地摟住他的脖子拚命搖頭，賴明苦笑一下。「顧先生誤會了，只不過爹娘這幾日應當也要到了，我與小鶯心中有些著急。」

顧潤元點點頭，摸了摸賴明的頭。

江雨橋迎了出來，笑得燦爛。「顧先生！」

顧潤元和緩地對她眨眨眼。「正巧我有些小明和小樹的事情要尋妳說。」

賴明一下子緊張起來，沒有哪個孩子不怕先生尋家長的。他緊張地看了看顧潤元，吞了下口水。

江雨橋也嚴肅幾分，對著後面一伸手。「顧先生請後院說話，小樹同四喜在隔壁與孫大哥一同讀書。」

顧潤元同老江頭和江老太打了招呼，便施施地邁步跟在江雨橋身後。賴明等他們一進後院就往隔壁跑去，先去通風報信再說！

林景時不過被李牙纏磨得進了後廚一趟，出來一瞧江雨橋竟然不見了，眉頭微皺看了鋪子一圈，對江老太道：「江奶奶，雨橋呢？」

江老太翹起嘴角輕哼一聲，卻還是回答了他。「同顧先生去後院說孩子們的事了。」

林景時眯起眼睛，對老倆口叮囑了幾句，才按捺不住也跟了過去。

江老太嗤笑一聲，抓了一把瓜子嗑起來。「我看顧先生比林掌櫃好，又是讀書人又有氣度。」

賴鶯想了想，附和地跟著點頭。

老江頭吐出嘴裡的酥烤魚骨，「嘖」了一聲。「林掌櫃哪裡氣度差了？咱們兩家都是做買賣的，又近又方便，日後雨橋出了門，豈不是和沒出一樣！」

賴鶯一聽老江頭的話，嘟起嘴想了想，又點起頭來。

江老太一把抱起這小牆頭草，嘆了口氣，壓低聲音。「我也知曉，就是心底有些不服氣，就想說道幾句。雨橋才回來一年呢，就這麼嫁人了？我可捨不得。」

老江頭又哪裡捨得？唉聲嘆氣地抱著賴鶯，心思飄到了孫女的婚事上。

後院，顧潤元站在雪地中，一襲細棉布的嶄新藍衫，襯得他面如冠玉，俊逸出塵。

江雨橋回身被他臉上的笑容晃了一下，一瞬間就回過神來，眉頭微蹙。「顧先生，兩個孩子怎麼了？」

顧潤元伸出修長的手指，從懷中掏出一張紙遞給她。「妳看看。」

江雨橋伸手去接，剛接觸到紙張，林景時冰冷的聲音就在身後響起。「那是什麼？」

江雨橋不知為何有幾分心虛，回頭略帶驚恐地看著他。

林景時突然覺得這一幕很眼熟，看著顧潤元臉上恬淡笑意底下隱藏的壞心眼，長嘆一聲。

真是報應啊，自己當初怎麼一時使壞傷了王衝的少年心，今日竟然一模一樣重演一回。

他上前從江雨橋手中拿起那張紙展開，不過是賴明作的文章。

林景時挑眉。「這個還需特地挑個無人處送給雨橋？」

顧潤元唇角笑意更深。「並非如此，小明的事情我也聽說了，他爹娘回來後，年後我想讓他入學。」

江雨橋聽到這個消息，驚喜地低呼一聲，感激地看著顧潤元。「多謝顧先生，小明定然十分欣喜！」

顧潤元笑著搖頭。「妳看他的文章，踏實有餘，錦繡不足，是得好好練練了。如今朝堂上下，誰人不喜花團錦簇的文章。」

江雨橋從林景時手中奪過那張紙，看了半晌才應道：「小明日後就拜託顧先生了。」

顧潤元低笑出聲，突然朗聲道：「你們三個還不出來？」

三個小小的身影彆彆扭扭地從門簾擠出來，賴明看了一眼江雨橋手中的文章。「顧先生，我……我寫得不好？」

顧潤元搖搖頭。「你寫得很好，不過不符合如今的審美，既然你無力改變，就只能改變自己。去吧，開了年記得同小樹一同來讀書。」

賴明琢磨著顧潤元的話，恭敬地行禮。「學生知曉了。」

四喜最是歡喜，跳著道：「太好了，又能收一份束脩了！」

顧潤元臉上的笑容凝結，林景時見他這樣子，出了一口氣，拉著江雨橋道：「雨橋，李牙說他沒心思做菜，喊妳去呢。」

江雨橋一聽，抬頭看了看天色，對顧潤元行禮。「時辰不早，我先去忙了，顧先生自便。」

林景時跟在她身後，走到半路回頭給了顧潤元一個得意的眼神，逗得顧潤元失笑不已。

天色一黑，幾個孩子就抱著爆竹要出去放，李牙無精打采地癱坐在椅子上，不知在想些什麼。

這時敲門聲乍然響起，李牙眼睛一亮，憑藉自己的長腿跑過賴明同賴鶯，嘎吱一聲打開門。

門外站著單薄的兩個人，看得出特地換了嶄新的衣裳，可昏暗的月光照在雪地上，反射的慘白光芒打在他們臉上，襯托著兩張臉溝壑遍布，看著甚是嚇人。

李牙卻不怕，沈聲問道：「你們是誰？」

好不容易從他龐大身軀後面擠出來的賴明，控制不住自己，顫抖地叫出來。「爹、娘！」

賴鶯一聽更急，用力推著李牙，大喊道：「爹、娘！」

賴家男人聽見兩個孩子的叫聲才恍惚回過神來，看著眼前拔高一大截的賴明，眼淚「唰」地一下流出來。「小明、小鶯！」

身邊的賴家婦人傻愣愣地喃喃道：「小明？小鶯？」

賴鶯像一顆小肉蛋，衝過去一把撲到她的腿上。「娘！」

賴家婦人被撞了個趔趄，好不容易穩住身子，下意識地蹲下抱住賴鶯，感受到懷中柔軟的小身子，突然放聲痛哭起來。

賴家婦人哭得像個不懂事的孩子，賴家漢子嘆了口氣，抹了把眼淚把她拉起來，小聲哄著。她雖說有些糊塗，可手卻緊緊抱著賴鶯不鬆開。賴家漢子無奈，只能伸手環住娘兒倆，生怕她手一鬆把賴鶯摔到地上。

賴明用力地吸著氣、呼出氣，努力壓抑自己的心情。如今娘的身子還未好，自己可要擔起男人的責任來。

聽到動靜的江家人跑出來，看到眼前這一幕都愣住了，還是江雨橋最快反應過來。「這是賴叔與賴嬸？」

賴家漢子聽到她的聲音，知曉這就是救下兩個孩子的主家，膝蓋一彎，跪倒在地，「咚咚咚」連磕了三個響頭。「賴富多謝主子救了小兒、小女！」

江雨橋驚得趕忙躲開，賴富卻又追向她的方向磕了三個頭。江雨橋躲閃不過，又活生生受了他三個頭，無奈地嘆口氣，上前扶起他。「賴叔快些起來，我視小明、小鶯為親弟、親妹，您是我的長輩，如此是要我折了福氣。」

賴富嚇了一跳，慌忙道：「主子，大過年的可不興這樣說話，是奴才錯了。」

江雨橋求助地看向賴明，賴明眼眶通紅，上前扶起賴富。「爹，您這是要壞了我們與姊姊的情分。我與小鶯也早把這裡當成了家，您就莫要生分了。」

賴富聽了這話，心中猶豫，所有人都靜下來等著他的反應。

他思索許久，長嘆一口氣。「是我著相了。」

他尋到人群中年紀最大的老江頭，一拱手。「這位是江大叔吧？」

老江頭一聽他的稱呼，知道他變了，心裡也歡快起來，一把拉住他冰涼的手。「你們回來得可巧，餃子這就要下鍋了。」

一句「回來」激得賴富差點又要落下眼淚來，他強忍住點點頭，回身半摟著賴家婦人。「他娘，咱們進去吃團圓餃子。」

賴家婦人對他極為信賴，抱著賴鶯跟在後面，江老太怕她摔了孩子，忍不住伸出手。

賴家婦人警覺地往後一撤，上下打量起江老太。

江老太努力露出最和藹的笑容，聲音輕柔。「姪媳婦，我幫妳抱著小鶯可好？」

賴家婦人咬唇，眼珠子轉得飛快，站在原地一動不動，正當賴富想上前打圓場時，卻見她突然上前幾步，把賴鶯小心翼翼地交到江老太懷裡，抬頭對她露出一個微笑。

該怎麼形容這個微笑呢？帶著瑟縮、恐懼，卻又含著信任。

江老太接過賴鶯，看著賴家婦人一臉天真無邪的樣子，忍不住空出手去拉住她粗糙的手。「進來吃飯吧，大冷的天，別站在外頭了。」

賴家婦人乖巧地跟她進了鋪子，林景時留在最後，對江雨橋道：「明日讓大夫過來給她瞧瞧。」

江雨橋想到賴家婦人的樣子，咬唇點點頭，眼中感慨萬千。「如今也勉強稱得上是苦盡甘來了。」

李牙今日是死死跟著林景時了，湊了一耳朵聽到這話，兩眼放光。「林掌櫃，何必耽擱到明日，今日讓醫女過來看看不就成了嗎！」

越說他覺得越有道理。「醫女也不用避諱什麼，這不正巧了嗎？就讓醫女來吧！」

林景時被他灼灼的目光閃得眼花，一挑眉，露齒一笑。「大夫和醫女乃師兄妹，一個擅長肺腑之症，一個擅長骨肉之症，醫女看不來這個。」

李牙被他一句一句打擊得低下頭，沈默片刻，最後才吐出一個字。「喔。」

江雨橋有些不忍心，瞪了林景時一眼，正要開口哄李牙，卻聽見旁邊一直緊閉的繡莊大門「嘎吱」一聲打開。

李牙幾乎瞬間抬起頭來，瞪大眼睛盯著那道門縫。

一隻纖細白嫩的手伸了出來，李牙的臉上一下子炸開笑容，在江雨橋尚未反應過來，他已經三兩步跑到繡莊門前，羞澀地喚了一聲。「醫、醫女……」

醫女那張與手截然不同的方方正正的臉，隨著他的聲音徹底露了出來，依然是冷漠的神情，對他點點頭。

就這麼一點點的回應，李牙的心就歡喜起來，笑容越發的大，目不轉睛地看著她，臉上爬上紅暈。

江雨橋目瞪口呆，林景時也忍不住抽了抽嘴角。

醫女緩步出來對林景時行禮。「掌櫃的，桑掌事讓奴婢來伺候您。」

林景時微微一愣，轉而意味深長地看了她一眼，直把醫女看得差點維持不住臉上的神情，才低聲道：「如此妳便隨我來江家過年吧。」

這話一出，李牙激動得原地一跳，四周屋簷上的積雪「窸窸窣窣」地落了下來，砸了他滿頭滿臉。

他渾然不顧，胡亂伸手一抹，人已經湊到醫女面前，像一隻剛吃飽的八哥鳥，顛前顛後的不知如何是好，只剩下一張嘴喋喋不休。

「醫女妳想吃什麼，我去給妳做！

「這幾日妳沒出現，我飯都做不好了，被雨橋一頓罵，差點把我罵哭了，以後妳多多出來好不好？

「醫女……醫女……」

被甩了好大一口鍋的江雨橋無語地拍了下眼睛，林景時忍笑地把她的手拉下。「看不出妳還能把李牙這皮厚的給罵哭了？」

江雨橋掀起一邊嘴角，做了一個哭笑不得的表情。

一邊的李牙「嗡嗡嗡」地說個不停，她甩了甩頭，同情地看了耐心應付李牙的醫女一眼，悄聲對林景時道：「醫女姊姊著實不容易……」

林景時笑看眼前二人。「醫女可從未如此有耐心過。」

江雨橋先是一驚，又一喜，抬頭看向他。「你的意思是，醫女姊姊對李牙哥也有意？」

許是她的聲音大了些，李牙未察覺什麼，醫女的臉卻悄悄地有些發紅，她輕咳一聲，對江雨橋行禮。「江姑娘，屋中人怕是等待已久，咱們先進去吧。」

李牙一下子心疼起來。「妳是冷了嗎？都怪我不知輕重，拉著妳在這兒說了許久的話。快些、快些，咱們進去取暖，我給妳做一碗紅糖桂花酒釀，最是祛寒，保證妳喝了身子馬上熱乎起來。」

醫女沒有反駁，被他帶著進了屋。

江雨橋抖了兩下唇，摸了摸自己的額頭。「李牙哥這是……媳婦還沒娶進門，先把妹妹扔了？」

林景時看著也好笑。「娶媳婦還是得李牙這個厚臉皮的勁兒才成。」

江雨橋似笑非笑地看了他一眼。「只剩下咱們倆了，林大掌櫃快些進去吧。」

說完自己先進了鋪子，留下愣神的林景時，猛地反應過來自己說錯了話，恨不能咬自己的舌頭。

第二十四章

林景時進來時鋪子裡已經熱鬧非常，賴鶯今日極為激動，一手拉著賴嫂子，一手拉著江老太，還撒著嬌讓顧潤元餵她吃果子。

顧潤元倒也不拒絕，修長的手指在攢盤裡挑出一個模樣長得最好的糖蓮子，輕輕塞到她嘴裡，柔聲道：「慢些吃，嚼一嚼，別吞下去了。」

江老太是越看他越好，忍不住開口問道：「顧先生可成家了？」

顧潤元手一頓，臉上的笑容卻不變，回道：「曾有過一門親事，只是夫人年少早逝，獨留我一人罷了。」

這還是顧潤元頭一次提起，一時間鋪子都安靜下來。

江老太懊惱得不得了，囁嚅地道歉。「對不住、對不住，顧先生莫怪，我老婆子說話沒個輕重。」

顧潤元搖搖頭。「我未曾生氣，也不曾怪您，斯人已去，眼前的日子還要過，我早已習慣了一個人。」

他的話這麼一說，江老太心中更是內疚，不知如何安慰他，索性拍了拍胸脯。「顧先生一表人才，多少好姑娘都惦記著呢，早晚能得一知心人。之前咱們日日給您送飯，怎麼也得把您養得白白胖胖的，也好找媳婦。」

顧潤元被這淳樸的老太太說得心底一陣感動，正要開口拒絕，卻聽見自己的小書僮四喜歡呼起來。「江奶奶說的可是真的？太好了！」

他回頭瞪了四喜一眼，四喜假裝沒看見，笑嘻嘻地和江陽樹把頭湊在一起，用所有人都能聽到的聲音道：「以後我再也不用吃你的食盒啦！」

顧潤元想到四喜跟著他好幾年，只有這一年來才長了些肉，心中也有些不忍，嘆了口氣默認下來。

有了醫女，李牙今日殷勤得不像樣，安置醫女坐下，端茶、倒水、拿果子，還特地去後院換了身新衣裳。

李大廚閉上眼睛不想看這傻兒子，還是江陽樹道：「李牙哥，你不做菜了嗎？」

李牙「啊？」了一聲。「做啊，當然做！我還要讓你們醫女姊姊嚐嚐我的拿手菜呢！」

江陽樹見他沒明白，吞下了到嘴邊的話，站起來努力踮起腳尖拍了拍他的肩膀，沈聲道：「李牙哥，努力吧……」

李牙傻乎乎地笑起來，一個勁兒地偷瞄醫女，醫女哪怕不轉頭，都覺得那一側的臉火辣辣的。

直到做起菜來，李牙才明白江陽樹的意思，他心疼地看著自己被甩上一身油漬的新衣裳，垂頭喪氣地坐在灶前。

江陽樹彎著腰鑽進來，悄悄湊到他身邊。「李牙哥，你怎麼不出去尋醫女姊姊說話？」

李牙眼淚都要出來了，伸出粗胖的手指，胡亂指著身上的油點子。「你看這兒，這兒，還有這兒。」他癟癟嘴，語帶哭腔。「我還怎麼出去見醫女，我都好幾日沒看見她了。」

江陽樹被他肉麻得一個哆嗦，也不裝樣逗他了，直起身子從衣裳裡掏出鼓鼓囊囊的一個布袋。「這是奶偷偷做給你的，原想著晚上再給你，如今呀，先換上吧。」

李牙心裡一喜，手忙腳亂地打開布袋，看到一身喜慶的深紅色衣裳，大嘴咧到耳朵根，感慨萬千道：「江奶奶對我可真好。」

江陽樹與有榮焉地點點頭。「那是自然，李牙哥這回可得全做完了菜再換衣裳，不然再弄髒就沒得換了。」

李牙拚命點頭。「我曉得！」

江陽樹順手捏起一塊剛出鍋、炸得金黃酥脆的雞肉塊扔進嘴裡嚼了兩下，李牙

「嘶」的一聲。「別吃、別吃，醫女愛吃那糖醋味又帶點辣的雞塊呢，我待會兒調個汁把這雞肉滾一圈，熱烘烘、脆生生的，拿過去給她吃。」

江陽樹差點被這肉噎住，無奈地搖搖頭。「李牙哥啊，日後你可怎麼做一家之主？」

「你這小屁孩懂什麼叫一家之主，能掙錢又聽媳婦話的才是男人呢！像我爹對我娘那般，我爹才叫真漢子。」

簾子外的李大廚聽李牙這帶著滿滿得意、不要臉的話老臉通紅，趕忙回身，看著跟在身後的老江頭的笑臉更是羞澀，狠狠地罵了一句。「這臭小子大過年的就會胡言亂語。」

老江頭笑開了花，探進頭去。「小樹、李牙，好了沒？該吃飯了。」

李牙一下子跳起來，把新衣裳抱在懷裡，伸手推著江陽樹。「你先出去出去，我換了衣裳就去。」

江陽樹無語。「李牙哥你這是害羞了？」

李牙鼓起臉來，挺了挺身子。「你有的我全有，哥害什麼羞！」

江陽樹敗下陣來，面紅耳赤抱頭鼠竄，臨跑出後廚撇下一句話。「李牙哥，我要去找醫女姊姊告狀了。」

本以為李牙會趕緊追上來，誰料他卻齜著大白牙。「你告呀，你一個讀書人能去找女孩子說這個？去吧、去吧！」

江陽樹直咂吧嘴，老氣橫秋地搖頭道：「李牙哥都學壞了。」

李牙「嘿嘿」一笑。「快出去，我給炸雞肉裹上汁就出去。」

四喜見到江陽樹跟被火燎了屁股一樣從後廚跑出來，舉著一塊冬瓜糖上前迎他。「李牙哥怎麼還沒出來？這擺著半桌子菜我都餓了。」

江陽樹看了一眼安靜地坐在一旁的醫女，故意大聲道：「李牙哥啊，他……他要……」

四喜追問道：「他要幹什麼？」

「他……他……」

江陽樹舌頭打了結，當著醫女的面到底說不出口，懊惱地低下頭。「李牙哥在做最後一道菜，說是要把炸好的雞肉裹上什麼酸酸甜甜辣辣的汁再出來。」

醫女的臉一下子泛起紅暈。上次李牙見她多吃了幾口這道菜，避開人悄悄問她喜不喜歡？她那時候胡亂點了頭，看來他是真的放在心上了。

醫女的心突然像一顆被敲開的小杏仁，苦苦澀澀，略帶一絲回味的甘甜。

她垂著眼努力不看周圍的人，生怕他們發現自己心中那點小異動。

說笑之間，李牙端著一盤菜出來，醫女忍不住回頭看了他一眼，見他眉眼飛揚，身著紅袍，活脫脫一個喜慶的大爆竹，忍不住「噗哧」一聲笑了出來。

李牙從出了後廚就盯著她，見她看著自己笑了，眼前一亮，心都要跳到嗓子眼。他歡喜地顛著步子到醫女眼前，輕輕放下那道菜，認真地看著她。「這是妳愛吃的。」

所有人都齊刷刷地打了個冷顫，連什麼都不懂的賴鶯都下意識地吞了下口水。娘呀、奶奶呀，李牙哥哥太可怕了！

孫秀才貼著顧潤元，小聲道：「李牙竟然也有這一刻，真是窈……呃……窈窕淑女，君……那個……君子好逑……」

顧潤元見他結結巴巴地說出這八個字，終於忍不住朗聲笑了起來。笑聲打破這一室的沈靜，像是一滴水滾進油鍋，所有人都活泛過來，笑咪咪地看著那臉紅的一對。

這個年，老江頭過得再舒心不過，他不顧小輩們的阻攔喝了兩口酒，哼著不知道幾十年前的戲，手在桌上一下一下打著拍子，賴鶯跟著他的節奏，小腦袋一點一點的，不一會兒工夫就打起了小呼嚕。

賴富心中塞得滿滿的，妻子、兒女都在身邊，好酒、好肉就在眼前，他一時激動地站起來，「撲通」一聲跪倒在老江頭面前。「您的大恩，賴富無以為報，只願意豁出去這輩子伺候您。」

接著又轉向江老太磕了幾個頭。「日後我賴家就是江家的僕人，以報答江家上下大恩。」

這突如其來的一齣，驚得所有人都放下筷子，顧潤元給林景時使了個眼色，林景時沒有回應，安靜地坐在一邊。

江雨橋和江陽樹上前用力扶起賴富，對他道：「賴叔今日是喝多了，方才的話我們不當正經話，日後莫要再說。」

賴富還要說什麼，卻被江雨橋厲聲打斷。「賴叔不顧自己，難不成還想毀了小明與小鶯的前程？」

賴富心裡一驚，臉漲得通紅，回頭看了一眼站在身後的賴明。

因著過年，鋪子上下燈火通明，賴明的臉毫無保留地映入他的眼，可不管賴富如何努力，怎麼都看不清他臉上的神色。

他心裡一突，深知自己莽撞了。

賴明上前拉住他的手，輕聲說道：「爹不必如此，日後我會撐起這個家，無須害怕。」

賴富聽到他堅定的語氣，心裡五味雜陳，說不出什麼滋味，只想抱著眼前的兒子大哭一場，可大過年的，他又怎能如此不識趣。

淚珠在眼眶打轉，他小心翼翼地問道：「小明，你……有何打算嗎？」

賴明嘆口氣。「爹，翻過年我就要去顧先生的私塾讀書了，我要考科舉，我要做官。一時的失勢並不至於讓您驚恐至此，我知道流放路上定然不太平，只是沒想到發生了能讓爹做出依附為奴這個決定的事情……」

賴富用力抹了一把眼中的淚，哽咽道：「爹沒想到你竟然還有此雄心，爹是真的怕了，賴家無權無勢，不管誰碾死我們就如同碾死螻蟻。這大半年來……若不是有江家派人護著我與你娘，若不是有當日你塞給爹的那些銀子，咱們一家怕是此生永不能相見了……」

賴嫂子見他哭了，有些驚慌，一把抓住江老太的手，依賴地縮在她的肩膀上。

賴富見她這樣，努力擠出一抹笑來安撫她，又對江老太跪下。「她其實不傻，只是回到了以前的時候，那時候的她天真爛漫，對……對娘是全身心的依賴。只是不知為何，她心中的娘卻是年長的模樣。

「這大半年來，只要有年長的婦人靠近她，她都會如此把人家當成娘，幻想著自己還是一個被娘親保護的小姑娘……為了這個，她也沒少挨打，我教了她許久，才讓她學會了不隨便叫娘，莫要因著這個再被打罵。」

江老太倒吸一口氣，感覺自己肩上賴嫂子的依賴比什麼都重。她顫抖地伸手過去撫摸了一下賴嫂子的臉龐，她果然愣了一瞬，下一刻就撲到江老太懷裡，軟綿綿地喊了一聲。「娘。」

江老太被她一聲「娘」叫得心底發軟，嘆了口氣，輕輕撫摸著她臨來前剛剛洗淨的髮，說不出話來。

賴明哪裡還有方才的冷靜，豆大的淚滴落在地，開口喚賴嫂子。「娘……？」

賴嫂子正歪著撒嬌的頭頓了一下，像是沒聽見一般，伸出手摟著江老太的脖子，不停小聲叫道：「娘、娘。」

江老太再也忍不住，伸手回抱住她，低低應了一聲。「欸。」

得到她的回應，賴嫂子一下子歡快起來，模樣同賴鶯差不了多少，鬆開手指著桌子角落的攢盒，略帶委屈道：「娘，我也要吃糖蓮子。」

江老太又心酸又心疼，方才她看著賴鶯吃的時候，不知道饞成什麼樣子，卻一句話不敢說。

四喜機靈地把攢盒拿到江老太眼前，她捻起一個糖蓮子，遞到賴嫂子嘴邊。「吃吧。」

賴嫂子驚喜地拍拍手，就著她的手吃下去，面上浮出孩童般天真的笑容。「娘，真甜。」

江老太慈愛地摸了摸她的臉。「甜也只能吃三個。」

賴嫂子有些不樂意，抿著嘴不說話。

江老太數出三個放在手裡，又讓四喜把攢盒拿走，給她看了看手中的三個。「小鶯只能吃三個，妳吃四個好不好？」

賴嫂子眼睛一亮，小雞啄米般地點頭。娘果然還是最疼她！

吃完了四個糖蓮子，賴嫂子終於熬不住了，趴在江老太腿上打起了瞌睡。江老太有節奏地拍著她的肩，沒多久她就睡得香甜。

賴富許久沒見過妻子臉上的笑容，自己也跟著傻乎乎地咧開嘴，就這麼傻傻地看著賴嫂子的笑臉。

賴明心如刀絞，對許遠的恨、對江家的愛，在這一刻幾乎達到了頂峰，他兩隻眼睛晶晶亮亮，站在林景時身後，壓低聲音道：「林掌櫃，我……什麼都要學。」

這一次林景時沒有出言阻攔，點點頭。「明日你去尋桑掌事，讓她給你安排個習武的師傅。只要你能吃得消，想學什麼，我都派人教你。」

江陽樹豎著耳朵聽個正著，咬著下唇湊過來。「林掌櫃，我、我也想學。」

林景時一挑眉。「小樹，賴明同你不一樣，他身上肩負得太多。而你，有家人、有先生、有朋友……」

他的話沒說完，江陽樹的眼神卻越來越堅定，苦笑一下。「我家的情形，林掌櫃知曉得清楚，爺奶年紀大了，姊姊總會出嫁，我其實同明哥又有何不同？」

林景時想說什麼，看了一眼忙著給眾人添水的江雨橋，笑了一下。「你吃得了賴明的苦？」

江陽樹有些不服氣。「我雖比明哥小一歲，卻定不會退縮。」

林景時拍了兩下手。「那明日你們便一起去吧。」

知曉他這是同意了，江陽樹激動得想歡呼，卻聽到四喜小心翼翼的聲音。「我也想去……」

這下林景時可沒答應，他朝顧潤元揚眉。「尋你家先生去，這些年的束脩能給你找個好師傅了。」

顧潤元像是察覺到了，回過頭來，正巧看到四喜怏怏不樂的模樣，伸手招呼他。「四喜，過來。」

四喜一步一磨蹭地回到他身邊，有幾分委屈。「先生，我想同小明、小樹一起學……」

顧潤元含笑瞪了林景時一眼，低頭哄他。「學。今晚你就住下，明日一大早同他們一起去。」

林景時「嘖」了一聲，顧潤元就像沒聽見，看著驚喜的四喜，繼續道：「日後你想同他們一起學什麼都行。」

三個孩子立刻歡呼地抱在一起。

林景時搖搖頭，這時江雨橋探過頭來。「讓你使壞，還是得顧先生作主。」

林景時又搖搖頭。「如今我可什麼都作不得主了。」

歡樂的時光總是短暫，熬到子時放了鞭炮，連李牙的上下眼皮都開始打架，醫女彎了彎嘴角站了起來，李牙只覺得一陣令人安心的藥香味飄了過來，他憑直覺伸出手去，卻什麼也沒撈住，面上帶著笑意，迷迷糊糊地睡了過去。

無人挪得動他，江雨橋嘆了口氣，只能抱來厚厚的被子鋪在地上，揪著耳朵好不容易讓他睜開一道縫，自己滾到上面，呼嚕打得震天響。

醫女有些驚愕，繞著他轉了兩圈，神情嚴肅地對江雨橋道：「江小姐，他的呼嚕聲一直如此響？」

江雨橋愣住，這她哪裡知道？伸手揪過昏昏欲睡的江陽樹。「李牙哥的呼嚕聲一直這麼響？」

江陽樹舔了舔嘴唇，生怕自己留下口水，胡亂點頭。「是啊，有時我的屋子都能聽到呢。」

醫女眉頭微蹙，沈吟片刻道：「許是肺中或鼻中有些小問題，明日待他醒來，我與師兄一同來瞧瞧。」

李大廚倒吸一口氣。「醫女，他、他這不是大病吧？」

醫女對他行禮。「您放心，並無大礙。」

李大廚這才放下心來，恨鐵不成鋼地伸腳踢了踢睡得如同死豬的李牙。「臭小子，這麼丁點兒大的年紀，竟然還能染上病。」

因昨日睡得晚，大年初一一大早，原本小小的鋪子早就熱鬧起來的時辰，如今卻一片寂靜，只聽到陣陣呼嚕聲。

江雨橋惦記著林景時說的大年初一，心中總有些惴惴不安，躺在炕上翻來覆去地擔心，乾脆爬了起來。

穿戴好一推開門，小院中的寒氣朝她撲來，卻沁入心脾，掃清了她心中的煩悶，讓她精神一振。

她小心翼翼地繞過還在睡的李牙，卸下門板，隔著鋪子門聽了一會兒門外車來車往的喧鬧聲。

一切都如常，像是什麼都沒有發生。江雨橋一直懸著的心反反覆覆地糾結，坐在椅子上思考，林景時到底能做出什麼示警來？

顧潤元昨夜歇在孫家，孫秀才像是撿到寶了，熱情得不知道如何是好，非要邀請顧潤元抵足而眠。

還是江老太一句把顧潤元解救出來。「你那被褥，我不給你洗，你自己從來不洗，讓顧先生去聞味兒去？」

孫秀才羞愧難當，臊眉耷眼地不敢看顧潤元，只能放棄與他同睡的想法。

顧潤元從孫家那半邊鋪子的拱門出來，正好看到江雨橋在發愣，他反客為主，去後廚倒了一壺熱水提到她眼前的桌上，給她倒了一杯水。

江雨橋嚇了一跳，定睛一看是顧潤元，才壓下怦怦跳的心，拿起杯子喝了一口水，吐出一口氣。「顧先生起得如此早，我去給您做早飯。」

顧潤元坐在她對面，伸手攔住她。「不急。」

只不過兩個字，卻有鎮定人心的作用，江雨橋停了下來，張了張嘴卻沒有說話，退回自己的位子上，又喝了一口水。

顧潤元臉上掛著溫和的笑，敲了兩下桌子。「不用急，如此淺顯的事，景時不會出錯的。」

江雨橋心中一咯噔，狐疑地抬頭看他。

難道林景時同他說了？

顧潤元像是知道她心中所想，緩緩搖頭。「景時並未說為何要做，只是我想……怎麼也同妳脫不了干係。」

說到這兒他笑了起來。「妳可知他如何同娘娘說的？」

江雨橋僵硬地搖搖頭。

顧潤元嘆了口氣。「他與娘娘說是妳與他同時作了同一個夢，他覺得是上天示警，心中擔憂，才寫信告知娘娘。」

江雨橋杏眼微瞪。原來……原來他沒說自己的事情……

顧潤元給自己也倒了一杯，抿了一口，摩挲著杯子，開口道：「這話一說，不過是把妳與他捆在一起。娘娘對他是十二分真心，妳在他心中分量越重，娘娘自然越不會輕易動妳。」

江雨橋垂下眼眸，心中說不上什麼滋味。

顧潤元見她不說話，見好就收，把手中的茶杯放下，輕聲道：「應當快要來了。」

像是與他商量好的一般，顧潤元話音剛落，門外就響起了有節奏的敲門聲。

江雨橋的心又開始狂跳，三兩步上前打開門，林景時清雋的臉上帶著一絲冷然，直到看到江雨橋的臉才莞爾一笑，冰雪消融。

江雨橋顧不得什麼，一把抓住他的手將他拉進來，反身關上門，上好門閂，回頭擔憂地看著他，打量了一番他沒有受傷，才鬆了口氣，詢問道：「你做了什麼？」

林景時心中泛起淡淡的欣喜，瞇起眼睛，摸了摸她的頭。「無事，不過放了一把火。」

放了一把火?!

江雨橋想到還在睡的李牙，吞下到嘴邊的驚呼，壓低聲音問道：「在哪兒放了一把火？」

林景時似笑非笑地看了顧潤元一眼。「這可是顧先生出的主意，在清悲寺放了一把火。」

「清悲寺?!」江雨橋再也壓抑不住心底的驚訝。「大年初一一大早，不是許多人去搶頭香？」

顧潤元看了一眼絲毫不受影響的李牙，失笑搖頭。「不過是在佛像後頭燒了把火，讓那菩薩腦袋頂上冒煙，並未傷及百姓。」

江雨橋這才放下心來，轉而問道：「只如此的話，百姓們可能明白？」

林景時拍了拍她的頭。「安排幾個人散布幾句便可，無須擔憂。」

江雨橋心事重重地點點頭。

林景時卻看了顧潤元一眼，對她道：「我們找個無人之處說說話？」

江雨橋下意識地想要拒絕，看到顧潤元似笑非笑的臉，還是咬著唇點頭。「早些回來，我還要做早飯。」

林景時「嗯」了一聲，也不避嫌，拉起她的手，光明正大地去了後院。

江雨橋的臉一下子通紅，掙扎兩下沒甩開，一進後院就急忙道：「被、被顧先生看到了！」

林景時挑眉。「難不成妳以為他不知道？」

江雨橋沒說話，林景時從懷中掏出一個雕工樸拙的玉珮在她眼前晃了晃。「今日妳便滿十五了，及笄之年，已經算是大人了，收好它，算是我給妳的賀禮。」

江雨橋前世也是見過世面的，一眼看出這玉珮並不貴重，心底卻還是像吃了蜜一般，伸手接過。

她仔細看著這玉珮，玉質不好不壞，裡面有些棉絮花兒，一打眼看，不像是林景時能送出來的東西。

江雨橋小心翼翼地把玉珮放進懷中，還拍了兩下，確保它安穩地待在那兒。

這小動作逗笑了林景時，他心中湧上千般情緒，看著江雨橋的臉，同她低聲道：「這是我娘留給我的唯一一件東西。」

江雨橋大驚，突然覺得懷中的玉珮燙得她生疼，她忍不住又伸手捂住那塊玉珮，許久說不出話來。

林景時被她惶恐的樣子取悅了，好聽的笑聲在她耳邊響起。「雨橋，妳十五歲了……」

江雨橋被他意味深長的話打亂了思緒，垂下頭，也不知道自己在想些什麼。

這時，只聽到大門嘎吱一聲打開，江老太探出頭來看了看天色。「哎喲，竟然如此晚了。我說今日勢必要晚起，你這老頭子還不信。」

話音剛落，就看到站在院子中間的一對人兒，倒吸一口氣，卻不知為何沒有出聲與他們打招呼。

屋中的老江頭咂吧著嘴跟出來，有些不耐煩。「妳這老婆子慣會念叨……雨橋?!林、林掌櫃？」

這已經不是第一次被抓了，江雨橋飛快地把手從胸口縮下去。

林景時卻並無異樣，對著兩人拱手。「江爺爺、江奶奶起來了。」

江老太撇了撇嘴。「大清早的，林掌櫃怎麼在我家後院？」

江雨橋臉有幾分燙，語帶幾分慌亂。「林掌櫃過來同我說今日清悲寺著火之事。」

江老太大驚失色。「清悲寺著火了?!」

她顧不得琢磨林景時與孫女在這兒說什麼，上前道：「怎麼就著火了？本還想今日去燒灶香祈福的！」

林景時出聲安撫她。「也不知為何，清晨方開殿門，那排了大半夜的人正要去燒頭香，就見菩薩腦後冒起了煙。說來也奇怪，只見濃煙不見火星。如今鎮上說什麼的都有，劉知縣已經去查了，我們且等著消息吧。」

江老太臉色微變，環顧了一下院子，發現只有他們四人，才故意壓低聲音道：「會、會不會是那許家作惡多端，菩薩生氣了？」

林景時與江雨橋對視一眼，沒有點頭也沒有搖頭，只道：「如今咱們猜什麼也無用，劉知縣應當很快就會公告全縣了。」

江老太越想越覺得自己琢磨得有道理，嘖嘖道：「以往從未聽說清悲寺大年初一會出事，只有今年出了許家那命案……唉，多少好人家的閨女就這麼不明不白地死了，我看菩薩定然是生氣的。」

她幾乎已經篤定自己想的是對的，對身後的老江頭嚷道：「快別磨蹭了，咱們趕緊收拾收拾去清悲寺，求得菩薩原諒，不然今年怕是要降下災禍！」

林景時目瞪口呆，不得不佩服江老太的想像力，竟然沒有安排的人引導，自己就能想到那方面去。

江雨橋也沒想到事情如此順利，偷偷瞄了林景時一眼。

林景時給了她一個少安勿躁的眼神，對江老太笑道：「江奶奶莫要著急，我待會兒派人與您同去清悲寺。」

江老太疑惑地看著他。「咱們不一起去？」

林景時笑道：「我才從那兒回來呢，雨橋方才說要給李牙他們煮醒酒湯，怕是要耽擱許久，方才顧先生說也想去，我派人送你們去。」

江老太想了想昨日喝得爛醉的幾個人，無奈地嘆口氣。「成吧，林掌櫃可給我們多帶些人，顧先生可得保護好了，可不能挨著擠著。」

……保護顧潤元……

林景時咬著牙點點頭。「您放心吧。」

江雨橋來不及插話，這事就這麼定了下來。

送走了一行人，關上鋪子門，她眉頭微蹙。「林掌櫃怎麼能讓我爺奶去那如此險境？」

林景時苦笑一下。「事情鬧得如此，全城百姓人心惶惶，礙於娘娘，妳我皆不方便出面，若是咱們家一人不曾出去，在有心人眼中，豈不是明晃晃與咱們相關的證據？」

江雨橋沈思片刻，不得不承認他說得有道理。如今宮中與許遠怕是都派人看著他們，有些事情哪怕大家心知肚明，面上也要遮掩一番。

她突然覺得有些無趣，苦澀道：「本以為我已經受夠了勾心鬥角的苦，這一世定要活得灑脫，卻是高估了自己。人生在世，哪裡能擺脫一切憑心而為，是我給你添麻煩了。」

這不是江雨橋第一次說這種話，林景時卻敏銳地從她的話中聽出「這一世」三個字，他心中微沈，隱隱的猜測像是有了頭緒。

他眼中洶湧，閉上眼睛不去看她，腦海中一遍遍回想著那一夜江雨橋的話，哪怕知道她是故意透露與他，但憑藉他對她的了解，那些話中真話十之八九……

江雨橋沈浸在自己的思緒中，並沒有察覺他的異樣，長嘆一口氣。「罷了，事已至此，我們再多想也無益，還是先把李牙哥喊起來吧，醫女姊姊說得對，李牙哥這呼嚕，真的得看看了。」

不管什麼悲傷的氣氛被他這呼嚕聲一打，絲毫沒有了感覺。

林景時方才還沒注意聽，此刻被江雨橋一提醒，瞬間感覺李牙的呼嚕聲無孔不入，簡直有幾分魔音傳腦的架勢。

他哭笑不得地上前踢了踢李牙。「起來了。」

李牙的呼嚕聲一頓，下一刻翻過身，繼續打了起來，方才那一瞬間的安靜彷彿是二人的錯覺。
江雨橋無奈道：「……罷了，我去煮醒酒湯吧。林掌櫃負責弄醒李牙哥。」
林景時一愣神，江雨橋已經三兩步到了後廚口，對他討好地一笑，鑽進了後廚。
他嘆了口氣，低頭看了看背對自己躺著的李牙，蹲下身子推了推他。「起來。」
李牙紋絲不動，任他再大力氣都睡得噴香。
林景時緩緩站起，看了看附近桌子，隨手挑起一個杯子，看準李牙呼氣到底的時候，一把將杯子罩在他的嘴巴上。
李牙正要吸氣，吸了一半怎麼也吸不上來，「嘶嘶」地吸了幾下，憋得大腦袋通紅，下意識伸手去扒拉口鼻處的異物，粗壯的腿一蹬，醒了過來。
林景時見他迷茫地睜開眼睛，鬆開手，把杯子背在身後，對他點點頭。「你可算醒了，雨橋在後廚給你們煮醒酒湯。」
李牙迷迷糊糊地看了看天色，一個激靈清醒過來。「什麼時辰了！」
林景時站起身子。「快巳時了。」
「啊？」李牙驚得跳了起來。「這麼晚了！我這就去做飯！」
林景時伸出手拉住他。「先去洗洗。」
李牙一拍腦袋，「咚咚咚」跑到後院，直接從井中打起一桶冷水，也不怕涼，胡亂抹了臉、漱了口，就往後廚跑。

江雨橋的醒酒湯也快成了，聽見熟悉的腳步聲，回頭道：「李牙哥，快過來喝……」

她抖了抖嘴角，剩下的半句再也說不下去，努力壓住笑，在臉上比劃一圈。「你去……水缸照照。」

李牙以為自己臉上有漱口的青鹽沫子，扯著袖子擦了一把臉。「就這樣成了。」

江雨橋忍不住端起剛才洗菜尚未倒掉的一盆水，湊到他跟前。「低頭！」

李牙乖乖地低下頭，水雖然不算清，卻把他嘴巴一大圈紅印子照得纖毫畢現。

李牙圓瞪眼睛，好歹沒蠢到家，回想起方才那不順暢的呼吸，大腦袋跟要著火似的，回身一掀簾子。「林、景、時！」

林景時含笑站在鋪子口，見李牙像一座小山般怒氣沖沖朝他撲來，眼看沒兩步就到了他眼前，他薄唇輕啟，吐出兩個字。「醫女。」

隨著他低沈的聲音，一張方正的臉從門板後露出，對著他行禮。「掌櫃的。」

李牙煞住腳步，踉蹌了一下，眼看醫女行完禮就要抬起頭來，彷彿下一瞬就要看向他了！

李牙深吸一口氣，一刻不停，把碩大的腦袋努力低下，藏住嘴巴外那圈紅印子，扭頭就往後廚跑。

他來得飛快、去得也飛快，醫女其實早就看到他嘴巴的印子，天知道她費了多大的勁才忍住笑，輕咳一聲。「主子變得頑皮了。」

林景時神情有些許得意，挑眉對她道：「妳也變得愛管閒事了。」

醫女的那絲笑一下子繃住，有些懊惱地咬了下唇。

只聽林景時輕輕一笑。「有時逗弄李牙一番，心情總是會好上許多。」

醫女抿了抿唇沒接話，林景時又笑看她一眼，也略過這個話題。

當江雨橋一個一個把孩子們都拽起來吃早飯的時候，顧潤元、老江頭和江老太也回來了。

江雨橋放下手中的碗迎上前，伸手摸了摸江老太冰涼的手，捧起來給她搓了搓，心疼道：「奶，怎麼現在才回來？」

江老太吁出一口寒氣，這才覺得自己凍僵的手有了知覺，用力往後縮手。「別凍著妳了。」

江雨橋並不放手，江老太掙了兩下沒掙開，嘆了口氣。「別提了，咱們去的這幾口人，連清悲寺都沒進得去！」

江雨橋愣住。「沒進去？」

江老太到底把手抽了回來，自己搓了搓，呵了口氣，咧咧嘴道：「怕是整個縣城的人沒全去也去了大半，清悲寺外頭人山人海，我們這兩個老骨頭同顧先生一個文人，哪裡擠得過他們？遠遠看上一會兒就回來了。」

江雨橋有些驚訝，仔細看著江老太同老江頭的模樣，也不像知道什麼的樣子，她嚥下到嘴邊的話，看了身後的顧潤元一眼。

顧潤元面上掛著招牌微笑，絲毫看不出他心中所想。

江雨橋看了兩眼便放棄了，扶著江老太。「奶大清早就出去，就吃了塊餅子墊墊，我剛做了飯，用屋裡栽的小嫩蔥拌了豆腐，吃著也清爽。」

一句話把江老太心底的饞蟲勾了上來，沒拜祭到菩薩的遺憾也收斂起來，笑著招呼道：「顧先生快些吃飯吧。」

顧潤元也不推辭，坐到桌前，孫秀才捂著腦袋湊過去，略帶懊惱道：「昨夜喝多了，竟然沒同顧先生討教，不如顧先生今日再住一晚？」

他本只是試探性地說一下，卻沒想到顧潤元竟然點點頭。「無妨，私塾放了年假，回去也不過只有我和四喜二人。若承蒙大家不嫌棄，多住一晚亦可。」

這可真是意外之喜，孫秀才歡喜得跳起來，心中琢磨著今日定要好好抓著顧潤元，把在縣學讀書中遇到的問題同他仔細說一說。

他站起來整了整儀容，對顧潤元深深一揖到底。「多謝顧先生。」

江老太更高興了，伸手攬住歡快的四喜。「要我說，逢年過節你們都過來就行了，咱們一大家子在一起多熱鬧！」

顧潤元笑了笑，沒拒絕也沒答應。

四喜窺著他的臉色，湊到江老太耳邊輕聲道：「江奶奶放心，回頭我拖也會拖先生過來。」

顧潤元斂起笑容，伸出手去敲了一下他的頭。「快些吃，昨日不是還說要同小明、小樹一起去繡莊？」

這可說中了三個孩子的心事，三人明顯加快了吃飯的節奏，放下碗對著尚在桌上的長輩們一一行了禮，一個接一個跑了出去。

賴富出來的時候只看到一抹背影，有些惶恐，對江雨橋道：「小明這是跑出去玩了？小姐，那個……您有什麼事吩咐我做就成。」

江雨橋無奈地看著他。「賴叔，您今日一大早已經收拾完咱們家後院，著實沒什麼活兒了，快些吃飯吧。賴嬸呢？」

賴富有幾分羞赧。「她許是這幾日累著了，如今還未起呢，越來越像個真孩子了。」

江老太聽他這麼說，有幾分不樂意。「她如今本就是孩子，哪有孩子回家不睡個懶覺的？你可別管，待會兒給她在鍋中熱了飯，不管睡到何時，起來吃就成。」

江雨橋沒想到江老太這麼快就融入了親娘的角色，一時好笑，一時心酸。怕是這麼多年，她還幻想著江大年能改過自新吧？

賴富激動得不知如何是好，搓著滿是老繭的手，期期艾艾地應了一聲，幸而賴鶯上前抱住他的腿，死活拽著他要吃飯。

賴富只能小心翼翼地抱著賴鶯坐在桌旁，屁股只敢坐凳子一角，一口一口餵著懷中的賴鶯。

賴鶯卻掙開他，認真道：「小鶯可以自己吃，爹您也自己吃。」

賴富滿臉通紅，看著女兒純真的眼神，猶豫半晌，吶吶應了一聲，這才吃起飯來。

第二十五章

清悲寺沒去成，江老太心裡總是有些不得勁，她吃完飯就匆忙翻出為過年準備的香燭，打算再去一次。

這一回，林景時卻出聲阻攔。「如今清悲寺中，人定比方才只多不少。其實您在家中拜祭菩薩也是一樣的，菩薩普度眾生，慈悲心腸，又怎會責怪？」

江老太琢磨了半晌，覺得他說得也有理，深深嘆了一口氣。「罷了、罷了，我不出去添亂了，也省得你們操心。只是家中只有財神爺的畫像，連一張菩薩像都沒有。」

顧潤元笑道：「這有何難？我給您畫一張便可。」

孫秀才眼睛發亮，急忙接話。「顧先生去我書房畫吧，筆墨紙硯皆有。」

顧潤元頷首，抬腳隨他去了隔壁。

江老太坐不住，重重一跺腳，拽了一把老江頭跟上。「我也去。」

老江頭喝下最後一口粥，冷不防被她拽了一下差點噴出來，有些惱怒。「妳這沒定性的老婆子。」

看著她進了隔壁，搖搖頭只能跟上。

飯桌上沒了人，賴富更是如坐針氈，他慌忙站起來對江雨橋道：「我去瞧瞧他娘醒了沒？」

江雨橋剛一點頭，他就急忙往隔壁去，還順手帶上小小的賴鶯。

李大廚倒是淡定，看著李牙狼吞虎嚥的樣子，對林景時道：「林掌櫃，李牙這小子吃得可夠多的。」

林景時瞇起眼睛，看著他沒說話。

李大廚咧開嘴，當作沒看見他的表情，自顧自對李牙道：「日後你少吃些！」

李牙茫然地抬起頭，摸了摸腦袋，委屈道：「爹，別打我了，您總說我笨，我看就是被您打的。」

李大廚磨了磨牙，沒有了方才故作高深的模樣，氣呼呼地揪住他的耳朵。「你給我幹活去！」

李牙依依不捨地放下飯碗，嘴裡嘟囔道：「昨晚醫女在這兒，我都沒好意思放開了吃，如今肚子正餓著呢，爹您還不讓人吃飽了……」

江雨橋有些哭笑不得，看著林景時。「李叔知道了？」

林景時挑挑眉。「怕是有所察覺吧，妳我本也沒想過瞞著家中人，只是我沒想到李大廚看出來得如此早。」

「呃……」

江雨橋摸摸鼻子。「李叔本就比較圓滑吧，不然也不會在鎮上吃得開這麼多年。」她心中有些擔憂。「不知劉知縣何時才會貼出告示？」

林景時彎起唇角。「應該快了，人越聚越多，若是再不控制，怕是要出事了。」

果不其然，顧潤元剛畫好菩薩像出來，大夫就從繡莊過來了。他看到顧潤元吞了下口水，擦了擦額頭的汗，低聲道：「掌櫃的，劉知縣貼出告示了。」

林景時看了他一眼，面無表情。「說了什麼？」

大夫一下子僵硬起來。他心知林景時覺得他有些失了禮節，努力讓自己平靜下來，暗自深吸幾口氣才回道：「回掌櫃的，告示上說……說查不出有人縱火的跡象，又並無明火，只有煙氣。劉知縣趕到時那煙早已飄散，並無任何痕跡。問了當日的百姓們，只有大殿前庭院中的幾十人看到有火，他想請那些人跟他說明到底看到了什麼，到時再查明真相。」

江雨橋琢磨了一下劉知縣的做法，心中點頭。不愧是官場老手，如此一來更給這件事添了幾分神秘，怕是流傳得更廣了。

林景時也十分滿意劉知縣的反應，對大夫道：「你去隔壁看看賴明的娘醒了沒有，她如今思緒有些不清楚。」

大夫早就聽說賴嫂子的症狀，他恭敬地行禮。「是，掌櫃的。」
緊緊抱著菩薩像的江老太嚇得兩股戰戰，臉色蒼白。「什麼？竟然絲毫沒有跡象，這是怎麼回事？難道真的是菩薩發怒了？」
說完她越想越怕，也顧不得說話，抱著觀音像匆匆往後院去，嘴裡念叨著。「快些供供菩薩，求菩薩莫要見怪。」
單看江老太這架勢，林景時同江雨橋心裡就有了計較。林景時對大夫點頭，待他退了下去，才對顧潤元道：「看來可以開始了。」
顧潤元微微點頭。「時候到了，我也派人出去。」
江雨橋愣了一下，反應過來又失笑。顧潤元既然同四皇子有如此交情，身邊哪裡會真的只有一個四喜？
這一上午縣城鬧得沸沸揚揚，劉知縣秉持著不隱瞞百姓的原則，直接在衙門外面的空地上擺上案臺，把聽到消息趕到衙門、親眼看到菩薩著火的百姓們聚集起來，一個個查問。
人們本就有些驚慌，再加上當時看到這一幕都懵了，如今別人一說，他們就覺得彷彿有這麼回事，急忙點頭附和。

林景時安插的幾個人混在裡面一說，不一會兒工夫問完了那幾十個人，整個縣城都傳遍今年菩薩要降罪的消息了。

林景時和顧潤元的人佯裝成普通百姓的模樣傳著話，把這降罪的災往火上面引。

一時間整個縣城風聲鶴唳，那賣爆竹的趕忙把爆竹都收回去不敢賣了，生怕再出什麼問題。原打算元宵節擺燈會的商家們也都沈吟起來，看如今百姓這架勢，怕是這種火連著火、燈接著燈的地方，他們是不敢再去的。

一眨眼到了二月二龍抬頭的日子，以往正月全縣總是會有些小打小鬧的火情，今年竟然沒有一起火災，這對劉知縣來說倒是意外之喜。

眼看著一個月都無事，百姓們都有些鬆懈，這時不知從哪兒傳來的消息，一下子讓剛鬆快下來的縣城又緊繃起來。

馬哥扛完了早晨的活計，來到江家鋪子，灌下一大壺水才緩了口氣，對江雨橋道：「雨橋，外頭都傳那地火不是祥瑞，是菩薩要降下的災禍呢！」

江雨橋心中一抖——終於來了！

她做出驚訝的樣子，追問道：「馬哥快說，那地火的祥瑞不是早就上報朝廷了嗎？」

馬哥咧咧嘴，看了看鋪子裡三三兩兩的人都豎起耳朵，避著他們，湊到江雨橋身邊小聲道：「年初那事咱們都放在心上，我家婆娘連飯都好幾日沒做，讓老子啃了好幾日的乾糧、鹹菜，生怕哪裡走了水。

「可如今看著不像那麼回事，按說就算菩薩是因著許家那遭天譴的事要降下災禍，怎麼也降不到咱們這些平民百姓頭上，咱們家中姊妹、閨女也有折在那兒的，菩薩最是慈善不過，怎會再懲戒咱們？

「我就怎麼都琢磨不清，腦子裡老跟一團漿糊一樣，今日一聽那外地客商的話才回過神來。這許家背後靠的是許公公，許公公是……對吧？那地火也是許家要報上去的祥瑞……說是……那外地客商一說，我就覺得有理，難不成真的是那地火的問題？」

雖說他的話吞吞吐吐，但那些大氣都不敢喘的客人們聽得明明白白，琢磨了一下他的話，差點要拍桌子了！

地火……許家……菩薩……降罪……

這不就是明擺著的事嗎？

鋪子中的幾個客人懊惱不已，這麼明顯的事他們竟然沒早看出來，紛紛站起來結帳，得趕緊回家提醒鄉下的親戚們才成。

眼見鋪子裡人空了，馬哥臉上的笑容變得輕鬆起來，站直了身子對江雨橋道：「看著吧，不用一個時辰，整個縣城上下都知曉了。」

江雨橋抿了抿唇。「馬哥，你又何必親自出面？」

馬哥的臉一下子拉了下來，看得她心裡一驚。

二人沈默許久，馬哥突然悲涼一笑。「我那鄰家自小一同長大的小閨女兒……十四年前也入了許府，原本只簽了五年的活契，她讓我等她五年……誰知從此杳無音信。」

江雨橋心中一頓，有一種窺破別人心底隱密之事的惶然。她深深嘆了口氣，想要安慰他卻不知從何說起，只能輕聲道：「馬哥，都過去了。」

馬哥卻突然一笑。「是啊，都過去了，日子總是要過下去的。前兩年我也娶了婆娘、生了娃兒，我這婆娘不嫌棄我年紀大，對我好，我對她自然也是全心全意。如今若是能在扳倒許家的事上出一分力，那我也是徹底了了那樁心事了。」

江雨橋能理解他的想法，眼睜睜看著敵人死去，哪有自己親手插一刀來得痛快？她點點頭。「既如此，這段日子馬哥自己小心些，我怕許家的人查出你來。」

馬哥反而哈哈大笑。「雨橋妳放心吧，這事既然我同林掌櫃手裡爭來了，自然有自保的法子。妳先忙，碼頭上弟兄們還等著我呢。」

江雨橋聽到林景時也知曉，便放下心來，掀開簾子讓在後廚的王衡揀上二十個包子給馬哥打包帶回去。

馬哥倒是沒推辭，喜孜孜地帶著包子出了門。

不一會兒工夫，林景時就過來了，一進門就看到她欣喜的目光，像一隻見到主人的小哈巴狗，他的心一下子被塞得滿滿的，忍不住加快腳步走到她面前，與她對視一會兒，莞爾笑道：「怎麼今日這麼高興，馬哥來過了？」

江雨橋回望他，笑道：「明知故問。」

王衡冷不防看到兩個人，打了一個哆嗦，為啥突然感覺這兩人周圍冒著酸氣呢。他咧了咧嘴，打量了面對面的二人一下，他們眼中彷彿只有對方，連個眼角餘光都沒有給他。

王衡心中暗嘆，突然有些失落。不是他對江雨橋尚還有什麼想法，只是他過了年也十六了，今年回村裡，爹娘總是追問江雨橋的事情，讓他心中更是煩悶。

王衡索性眼不見、心不煩，把鋪子留給林景時和江雨橋，自己鑽到後廚去收拾。

今日鋪子罕見地無人過來，江雨橋不只沒有擔憂，反而心中高興，這說明馬哥說的話已經傳了出去，如今縣城定是人人自危。

劉知縣與林景時早就商議好了，這風聲一傳出來，他馬上寫了摺子上報，畢竟事關祥瑞，知府接到信也有些糾結，不好上報也不好不報，乾脆壓了幾日，派人悄悄來尋劉知縣。

那曾經的祥瑞，如今卻變成食人的惡魔一般，短短三、五日，一些有地火的村子都已經開始騷動起來。有人信，自然有人不信，許多村子因著這個商議了好幾回，自然也吵過許多回。

發現地火的村子已經越來越多，比當初報上祥瑞的時候又多了七、八個，省城中派來的人在各個村子中查看那地火，也查不出個頭緒來。

眨眼間三月了，今年氣候極為反常，本應春暖花開的日子，天空中卻還時不時飄著雪花。

三月三，往年總有少男少女們出城去郊外踏青，一大早，城中就會喧囂起來，洋溢著青春的氣息。

今年卻安靜得像一座死城，人人都把孩子關在家中。

天氣的變化讓林景時臉上的笑容也越來越少，事情與江雨橋說的越來越像，他也越來越忙碌，整日連飯都沒空去江家吃。

江老太整日惶惶，拉著賴嫂子一同拜菩薩。江雨橋眼看著家裡所有人都提心吊膽的，乾脆挑一日，把所有人聚集在一起與他們攤牌。

「今年看這架勢，勢必要有大災了。」

老江頭也是老莊稼把式，沈重地點頭附和。「咱們也該早做打算。」

江雨橋肅著臉，沈聲道：「當日我們囤來準備防許遠的糧食，如今也算是派上用場了。」

她看了老江頭一眼。「過年時察覺不對，林掌櫃就派人跟村長叔說了許是今年有天災，我本打算把村中囤的糧食全都交給村長叔，可如今我怕咱們一家子不夠吃，還是要多運一些來縣城。」

李牙羞愧地低下了頭，他覺得這句話就是針對他說的，是他太能吃了，怕是要在災年的時候拖累一家人。

誰料江雨橋下一瞬就點到他。「李牙哥，咱們這群人中只有你力氣最大，如今已經有些跡象了，我怕運糧路上不安穩，只能求你親自跑一趟。」

李牙眼睛一下子亮了起來，胸脯拍得震天響。「這事交給我妳放心，我定然不會少一粒糧食！」

李大廚感激地看著江雨橋，知道她是怕李牙有心理負擔才如此說的，輕輕拍了拍李牙的頭。「你可莫要辜負了雨橋。」

李牙有些莫名其妙，還是認真應下。「爹，您放心吧。」

既然定下了，江雨橋就把李牙支使到繡莊，同桑掌事商議何時去拉糧食，然後對賴富道：「賴叔，如今賴嬸離不開奶，您與小明這幾日先回家收拾東西，把能用的全都先搬過來。」

賴富大驚，這兩個月為了給賴嫂子治病，他們才住在孫秀才那兒，日日也回去收拾，家中米缸、麵缸都是滿的，就等著賴嫂子好些後搬回去，如今聽江雨橋這話，這天災應嚴重得超出他的想像！

他一改平日憨厚老實的模樣，神情嚴肅起來，透著幾分精明。「妳放心，我定處理得妥妥當當。」

江雨橋對他還是比較放心的，若不是許遠強勢地插了一腳，賴家怕是已經名利雙收了。

她環顧了一下鋪子，繼續道：「賴叔處理完後就守在後院吧，這一家子老弱婦孺，就靠您了。」

賴富眉頭緊皺，深感自己責任重大，江雨橋是讓他安撫住江家老倆口與孩子們，他咬著牙點頭。「我知曉。」

江雨橋心知自己不能每時每刻跟在老江頭與江老太身邊，如今有個靠得住的人，她也能放心些。

王衝卻焦急得欲言又止，江雨橋朝他笑了笑。「王三哥莫急，若是二叔、二嬸願意，就把他們也接來。」

王衝長吁一口氣，卻搖搖頭。「早前我就送了信回家，我爹娘說不捨得離開家，咱們村中並未有地火，他們這兩個月也不顧高價囤了些糧食，吃上兩、三個月不成問題。」

說到這兒，他有些羞赧地看了看江雨橋。「只是……我兄嫂、姪兒他們……雨橋，我、我想同妳買些糧食。」

江雨橋沒有直接答應，反而問道：「王三哥，你想要多少？」

王衝抖了抖嘴角，咬牙說道：「就三石糧食可成？讓他們省著些吃，再加上我爹娘囤的，也夠一大家子過上兩、三個月了。雨橋，我用市面上的價格跟妳買可好？」

江雨橋聽完卻笑了起來。「王三哥這話說得外道了，我早就給二叔、二嬸準備了十二袋糧，約莫六石左右。你就跟著李牙哥一同回去吧，趁夜運到家裡去。」

王衝以為自己耳朵壞了，他用力晃了晃頭，眼淚不受控制地滴下來，許久才喃喃道：「雨橋……」

江雨橋打斷他。「如今不是客套的時候，王三哥趕緊去吧，怕是李牙哥快要出發了。」

王衝用力抹了一把眼淚。「我這就去。」

江老太早就嚇得臉色蒼白，江雨橋拍拍她的手，轉頭對孫秀才道：「孫大哥，下個月你同縣學告假吧。」

孫秀才反而沒有她想像中的慌亂。「我本就有如此打算，雨橋莫要擔心我。」挨個兒安排完了，江雨橋才緩緩坐下。江老太用力攥住她的手，聲音微顫。「雨橋，妳這作派，讓奶心裡發慌。」

江雨橋笑著反握住她的手。「奶不用怕，咱們一大家子都在呢。再說這幾個月劉知縣也早有準備，總比……」總比上一輩子強許多。

江老太壓下心底的驚慌，深深地吸了幾口氣，讓自己冷靜下來。「雨橋，爺奶都聽妳的，妳說怎麼辦，咱們家就怎麼辦。」

江雨橋露出笑臉。「奶不用擔憂，我都已經打算好了。」

既然已經安排妥當，江家鋪子所有人都動起來。

不只江家，整個縣城都沈浸在一股浮躁的情緒中。離夏日越來越近，天氣卻絲毫沒有轉暖的跡象。已經到了四月，竟然還下了一次雪。

這下所有人都萬分信了今年定然是個大坎，原本堅信地火是祥瑞的一些老人也心中嘀咕起來，不再那麼反對年輕人想要移居避災的心思。

見其他村都已經動了起來，沒有地火的張家灣也沒有鬆懈。

張村長想到林景時派人與他說的話，集結了村中的青壯年漢子，讓每個人都帶上各自稱手的農具，上山砍了粗壯的木頭下來，一刻不停地在村子前後做了厚厚的柵欄，把村子圍在中間。

林景時又不知從何處運了一批狗過來，約莫有十五、六隻，各個膘肥體壯、油光水滑，一齜牙能把孩子們嚇哭。

張村長特地闢了一間廢棄的屋子給他們養狗，林景時派來的人卻道他們住在江家即可。

張村長知道江家有屯糧，心中肅然，看來林掌櫃也不是全然信得過他。

他不知道林景時是什麼身分，但看亭長、縣丞的態度，這種人是他惹不起的。

他絲毫不敢怠慢，悄悄給各家送了信，讓他們莫要去江家打擾，平日也避開些。

江雨橋與林景時已經有好幾日沒見面了，鋪子中多餘的糧食，江雨橋都已經偷偷運到那小院中。當日買院子的時候，沒想到如今有這麼些人，著實有些住不下。

李大廚當機立斷，他與李牙留下來守著鋪子，孫秀才見有人作伴，也捨不得走。

賴富長嘆一口氣，尋上江雨橋。「雨橋，妳賴嬸與小鶯跟著妳，我與小明留下。」

江雨橋眉頭微皺。「賴叔何必？非常時期，那院子雖小，咱們擠一擠也住得下。」

賴富堅定地搖搖頭。「不可，李大廚父子剛來縣城沒多久，孫秀才又是個讀書人，不懂這些，到時有災民進城，真的打砸搶他們倒是能抵擋，可若是上門苦求，那又該如何？咱們鋪子日後想在縣城做下去，本就是做百姓的買賣，萬不能落下一個不仁的名聲。」

江雨橋神情複雜地看著他，許久才嘆了口氣。「賴叔想得深遠。」

賴富憨厚一笑。「哪裡是我想得深遠，再怎麼說還有林掌櫃的人呢，不然我哪裡敢如此輕易留下？」

江雨橋點點頭。「如此，這鋪子我就拜託給賴叔了。」

賴富笑得開懷。「妳放心，到時保證還妳一間完好無損的江家鋪子。」

李大廚和李牙知曉這件事，並無什麼想法。他們也知道自己幾斤幾兩，原本打算大門緊閉，閉門不出，如今既然有了更有能力的人，他們自然不會反對。

做好了所有準備，已經四月底了，離五月越來越近，江雨橋也越來越浮躁。

劉知縣已經頻繁上書稟告各種異象，原本想壓下來的知府察覺到這件事，怕是也壓不住了，八百里加急飛快地送去京城。

誰料摺子尚未進京，五月初三深夜，終於，離縣城三十里地外的牛角村地火炸開了第一聲響。

天氣一直寒冷，冬日的積雪幾月不化，壓根兒無法耕作。牛角村的牛村長也算是有成算的人，瞅著天色暖和的一段日子，趕忙安排人費勁心力鑿開了地，強行種了一茬抗寒的麥子，不管收多收少，好歹也是口飯。

麥子種下去沒多久，天又落了寒，村中原本以為是祥瑞的地火，如今變成可怖的凶兆。

牛村長絲毫不敢懈怠，組織了村中的青壯年，每夜巡查。

那地火爆炸前「窸窸窣窣」作響，有幾分像直接扔在火堆中的爆竹。

當夜巡查的漢子聽聲音不對，趕忙敲響了手中的鑼，一直提心吊膽、睡不踏實的村民們紛紛起來，慌亂地開始收拾行囊。

牛村長喊了每家當家的漢子出來，一群漢子手中雖抖，卻還是端著水一步步靠近地火，一盆接一盆的水澆上去，那地火看著是有了幾分抖瑟的樣子，大家的心也慢慢定了下來，招呼著回去再接水。

說時遲那時快，那一小坑地火就這麼在人們眼前炸開，幾個剛倒完水沒來得及跑的人被噴出來的火燎到，「呼」地一下，渾身上下就著起了火。

幸而周遭人多，幾盆水澆滅了那火。牛村長眼睛通紅，對兒子撕心裂肺地喊：「快！去縣城！劉知縣！」

那小子聽了，撒丫子就往村子外頭跑去。

地火終於炸了，一時間村子裡哀號遍地，哭聲震天，牛村長當機立斷，拿起鑼一咬牙，連敲了大半刻鐘，終於成功讓人群安靜下來。

他的嗓音有些沙啞，對著黑夜中隱隱綽綽的人群喊道：「不要慌，咱們早就有準備！如今快些回家收拾東西上山去！放心，知縣老爺派來的人說了，頭一回炸了，第二回起碼得隔一日。別急，都來得及！」

不知是他這番話起了作用，還是人群已經度過最初的慌亂，慢慢冷靜下來，除了有幾個孩子尖銳的哭聲難以安撫，大人們都知道耽擱不得，忍住心中的驚慌，開始準備轉移。

江雨橋知道這個消息時，已是第二日清晨了，幾日不見的林景時正說著昨夜的事。

「……牛村長的兒子到了縣城，騎著的驢當場倒地而亡，劉知縣已經派人過去。」

江雨橋兩隻手控制不住地發抖，所有人的臉色都蠟白。

終於到了這一日，之前種種猜測都成了真，江老太緊緊捏著賴嫂子的手，事到臨頭她反而鎮定下來，乾澀道：「雨橋，咱、咱們走嗎？」

江雨橋回過神來，與眼底隱隱有些發青的林景時對視一眼，重重點頭。「咱們走。」

王衝一抿唇。「村子如今正是用人的時候，我回去。」

江雨橋沒有阻攔，只是對他叮囑道：「我心知王三哥定然要回去同二叔、二嬸在一起，林掌櫃的人已經住進我家，若是有什麼難處，就去尋他們。」

林景時附和道：「放心，我都已經吩咐好了，遇到難處只管去即可。」

王衡對著二人深深作揖，壓下滿腹感激的話，只輕聲道：「我記下了。」

老江頭和江老太沈默不語，江雨橋深深看了他們一會兒，長嘆一口氣。「爺奶，不會有事的。」

老江頭沈重地點了點頭，甩開了心中對江大年的那一點點掛念，抬頭看她。「今日就去吧。」

江雨橋索性關了鋪子，心中盤算一下。「這幾日該搬的都搬得差不多了，只要人過去就行。」

林景時應道：「如今縣城中沒幾個人知道這消息，不如早些安頓好。」

江老太一咬牙。「咱們走！」

雖說提前幾個月準備好了，但事到臨頭劉知縣還是壓了下來，生怕真的因為恐慌而引起暴亂。

林景時安排了一輛青布馬車，外表看著絲毫不起眼，江老太拎起早就準備好的布袋，率先登上馬車，一行人朝著那小院駛去。

街上冷清許多，尤其進了巷子後，周圍的鄰里絲毫沒有看熱鬧的心思，家家戶戶大門緊閉。

這倒是讓江家人鬆了口氣，林景時跟著進了院子，環顧一圈點點頭。「你們就待在這兒別動，我派了人守在周遭，只要不是大規模的難民擠進來，這裡是最安全的。」

江雨橋動了動唇，欲言又止。

林景時輕輕搖頭。「雨橋，妳不能出去。」

江雨橋垂下眼眸。「林掌櫃，你派了許多人保護我們、保護張家灣，那……你呢？」

林景時一愣，心中的歡喜瀰漫開來，也顧不得滿院子的人，彎起嘴角摸了摸她柔軟的髮，低聲道：「無須擔憂，我不會有事的。」

江雨橋咬著下唇，只能選擇相信他。

她抬起眼，認真地看著他。「林掌櫃，保護好自己。」

林景時笑容更燦，奪人眼目，深深地看了她一眼。「放心。」

只這一眼他就移開眼神，對著老江頭和江老太拱手。「江爺爺、江奶奶，我先去了。」

江老太依依不捨道：「你這孩子何必這麼死心眼，同咱們一起待在這兒不成嗎？」

林景時失笑搖頭。「總是有那麼多跟我吃飯的弟兄，我又怎能撇下他們自己躲起來？」

老江頭打斷他們的對話。「林掌櫃是要做大事的，妳這老婆子哪裡懂？林掌櫃只管去，咱們能做的不多，只能不給你添亂！」

林景時匆忙叮囑幾句就先離開了，如今他要忙的可著實太多了。

江家人沒有挽留，江老太度過了最初的茫然，看著眼前的小院，心裡也安定下來，忙活著生火、做飯。

已經沈寂了將近一年的小院又熱鬧起來。江陽樹有些悶悶不樂，江雨橋拍了拍他的肩膀，安慰道：「四喜跟著顧先生比我們安全，小明那兒離林掌櫃近，你也無須擔憂。」

江陽樹悶不吭聲地點點頭，手上給灶坑裡遞著柴，許久才喃喃道：「姊姊，他們會沒事的，對嗎？」

這句話輕得彷彿自言自語，江雨橋卻心中一痛。她用力拍了拍江陽樹的肩。「你信姊姊嗎？信林掌櫃嗎？」

江陽樹低下頭「嗯」了一聲，也不知道自己這個時候應該說什麼，心煩意亂地靜不下心來，用力咬了自己一下才回過幾分神，抬頭對江雨橋道：「姊姊，我沒有想把他們接過來。」

江雨橋摸了摸江陽樹的頭，嘴角的笑有些殘忍。「小樹，我想你應該知曉，他們是如何對我的，我只能保證這一次他們不會死，至於其他的……我不能保證。」

江陽樹眼底湧上淚，扔開手中的木柴站起來，神情愧疚難當。「姊，我說的是真的，我知道他們做過什麼，我從未想過接他們過來。只是……只是心中有些擔憂。」

江雨橋的神色也緩和了幾分，聲音卻還帶著涼意。「若是他們這次死了，你會怨我嗎？」

江老太在一旁手一抖，那盆剛調好的苞米糊「噹」的一聲灑了滿地，她瞪大眼睛，有些憤怒，用力拉過眼前的江陽樹，一巴掌拍在他脖頸處。「你還想怨你姊?!」

江陽樹吃痛，卻不敢驚呼出聲，他心底的委屈幾乎要溢出來了，「撲通」一聲跪倒在地，語氣是前所未有的堅定。「姊，就算這次他們死了，我也不會對妳有半分二心，妳信我！」

江雨橋緩和下來，伸手去拉他起來，卻沒拉動。

江陽樹對她深深地磕了一個頭，伏在地上。「姊，我不是那眼瞎心盲之人，誰對我全心全意、毫無保留，我心中一清二楚。幾個月前我才被爹用五十兩銀子賣了，難不成在妳心中，我真的下賤成如此模樣？」

江雨橋看著伏在地上的小小人影，聽著他話中的委屈與哽咽，長嘆一口氣，彎腰把他扶了起來。看他滿臉通紅，淚珠滾落，把他攬進懷中，輕聲安撫。「姊姊知道小樹不是那樣的人，只是姊姊也怕。他……爹畢竟是爺奶的獨生子，你娘……自小待你又好，若是平日無事也罷，如今生死關頭……」

江老太此時卻是罕見地有決斷，不待江陽樹說話，便道：「雨橋，接了你們兩個孩子過來，這一樁樁、一件件的事，我們也早就對那兩個白眼狼死心了。妳無須再說，我們四個才是一家子！」

老江頭不知何時也站在灶房門口，大聲附和道：「對，我們四個才是一家子。他們若是能躲過去那便是他們命好，若是命不好沒了……那也是天意。」

江陽樹伸手緊緊箍住江雨橋，在她耳邊輕聲道：「姊，妳在我心中才是最重要的，若我擔憂他們讓妳心中不快，那我便不去想。」

江雨橋終於忍不住落下淚來，輕嘆一口氣，拍了拍江陽樹的頭。「其實是我想多了，從決定不管他們起，我就一直在擔憂爺奶與你會怎麼看我，會不會怨我？只要你們話中有丁點兒跡象，我就會十分害怕，如今看來，倒是連累咱們一家子都不敢說話了。」

老江頭邁步進來，把江陽樹從江雨橋懷中拉過來，拍了他後腦一下。「就你話多，知曉你姊姊心裡不是滋味，還非要說些怪話。再有下一回，你就回去跟你那爹娘過去！」

江陽樹癟癟嘴，順著老江頭的話撒嬌。「姊，妳別趕我走，我要每天都黏著姊姊。」

江雨橋被他無賴的樣子逗得破涕為笑，見她露出笑臉，三人才鬆快下來。

江老太心疼地上前給她擦淚。「妳如今正是任性玩鬧的年紀，心裡莫要想那麼多。」

江雨橋被她一句話說得心中暖融融，卻也有些哭笑不得，那顆敏感的心也算是放下大半，伸手抹了一把灶上的苞米糊。「奶，我餓了。」

江老太「嘖」的一聲，看著這滿地的苞米糊，心疼得不得了。「也怪我老了，拿不住盆了，糧食正缺的時候，浪費了好大一盆。」

江陽樹心中更是羞愧，乖巧地撿起地上的盆，洗刷乾淨遞過去。「奶，咱們早早吃飯吧，姊餓了呢。」

一家子這麼吵了一架，感情卻是越發緊密。雖說不能出門，江陽樹還是整日在讀書，時不時與江雨橋討論做買賣的事情，或與老江頭討論稼穡之事。

賴嫂子與賴鶯整日黏著江老太，江老太索性帶著她們，用院子裡的小磨磨那整粒的苞米。

老江頭如今做不了體力活，拿著小笤帚掃她們磨好的細粉，臉上突然綻放出一抹笑來。「這麼安靜輕省的日子，可是許久未過過咯！」

江老太被他一番話說得感慨萬千，贊同道：「這倒的確，如今終於空下來，連磨苞米麵都覺得心裡舒坦。」

懂事的賴鶯到底還是個孩子，扭捏半晌，窺著老江頭和江老太心情不錯，上前扯著她的袖子，問道：「奶奶，哥哥都三日沒來了，他什麼時候能來？」

正巧邁出屋子的江雨橋聽到這句話，心底嘆了口氣。

林景時與她是一日一封信保持著聯絡，從他越來越潦草的字跡中，她也能看出來，如今外頭的確已經大亂了。

自牛角村的地火第一回爆炸後，果不其然第三日，稍大一處的地火又炸開，這一回周遭一、兩畝地見方的房子都遭了殃，不管是泥房還是石房，全都炸成粉末，整個村子半空中都被浮動的灰土蒙了一圈。

牛村長無比慶幸當日當機立斷帶著村民躲在山上，雖說山洞寒冷，但這回炸的地方離他們也有些距離，好歹無人受傷。

一些嚷嚷著要回去的老人和刺兒頭此時再也不敢說話，只能遠遠看著變得渾黃一片的村子，默默地流淚。

牛村長乘機把所有人帶來的糧食收集在一起，讓最信得過的青壯年漢子守住，每日每家輪番派出幾個婦人，定量分糧食。

有了第一回爆炸，像是啟動什麼開關一般，縣中有地火的村子接二連三地炸了起來。

雖說劉知縣早就派人把牛角村的事情一一通知每個村子，稍微開竅的人都隨著村長轉移到附近的山上暫住，可總有那捨不得房子的人不願離開，只要這爆炸未曾發生在自己身邊，就只當眼前蒙了塊布，不去看也不去想。

地火對其他幾個村子卻沒有對牛角村溫柔，未曾有什麼小炸，直接同時爆炸開來。眼看村子變成了一片火海，聽著平日低頭不見、抬頭見的鄰里們在火海中似有似無的哭嚎聲，那些躲避到山上的人們沈默了。

劉知縣接到了多處傷亡的通報，他兩眼赤紅，咬牙切齒地把官印甩到地上，震怒道：「愚民！一群愚民！」

林景時坐在他對面，低著頭抿著茶開口，聲音薄涼。「這不是我們早就想過的嗎？」

縣丞恨不得自己縮到牆角消失，大氣都不敢出。

劉知縣在地上悶頭轉了兩圈，一屁股坐回去，用力一拍桌子。「怪我！怪我手段太柔和，當初就該直接派衙役上門，用刀把他們逼到山上去！」

林景時嘆口氣。「你我能做的都已經做了，有些人既然執意尋死，就算你用刀把他們逼到山上，他們也會趁人不注意跑回去，難不成你還能十二個時辰看著？」

劉知縣也明白這道理，但心中總有些憤懣。死的可都是他治下的百姓啊！他突然沒了力氣，半靠在椅子上，搖了搖頭。「林掌櫃說如今這樣，下一步我們還能如何做？」

林景時喝完手中的茶，放下茶杯。「還能如何？他們手中的糧並不多，如今家中宅地盡毀，不出幾日，要麼往沒有地火的村中去，要麼就湧入縣城。」

劉知縣笑得悲涼。「是啊，不管前面我們做了多少，最後終究還是走到了這一步。」

林景時沒有安慰他，站起來踱到縣城輿圖前，修長的手指敲了敲那略微發黃的紙張。「如今縣中只有四個村子沒有地火，張家灣我保下了，其餘三個要快些派人去了。」

劉知縣也知道時間緊迫，強迫自己收拾好心情，認真點頭。「我已經外派所有衙役下去，也尋了軍中前來幫忙，張伍長也帶著人去了那三個村子，希望能守得住。」

林景時挑眉。「我已經在縣城外佈置起粥棚與帳篷，若是有人想要逃到縣城，怎麼也得攔住他們進城。」

劉知縣沈默一息，忍痛點頭。「咱們縣是大縣，一共四個鎮、十三個村子，共兩千一百二十四人，昨夜報上來，共炸了六個村子，死傷……近三百人。」

林景時閉上眼睛，背對著劉知縣，只聽劉知縣聲音發澀。

「這六個村子八百餘人，死傷近一半，也就是還剩下五百餘人會疏散到各處。底下村子中處處危機四伏，地火隨時可能爆炸。他們躲在山中難以尋找，咱們人手又不夠，張伍長那兒還是看在您的面子上才出了一隊人。上頭……上頭又不派人下來，只能先護住四個沒有地火的村子，然後勸誡那些村子的百姓到縣城來。」

林景時睜開眼睛，寒光畢現，眼神閃爍，冷冷道：「劉知縣是想反悔不成？」

劉知縣只覺得一股殺意向他襲來，下意識地退後一步，額頭的汗滲了出來，急忙解釋道：「林掌櫃誤會了，我並未想過開城門放流民入城，只是如今氣候變幻多端，雖說臨近夏日，可卻寒冷異常，若百姓們在城外染了病爆發瘟疫，那該如何是好？」

林景時深深地看了他一眼。「這我早已經想到，劉知縣就莫要擔心了，你只要確保被你圈過來的百姓不入城。」

劉知縣其實也有些委屈。林景時總是藏著、掖著，做多說少，只有用得著他的地方才提點他幾句，他都琢磨不清他。

他本也沒太當真，直到天氣真的反常起來，才著急著慌地全力配合。只那時林景時自己已經做了大半，他能做的只是給下面的亭長、村長傳達一些命令罷了。

劉知縣抿了抿唇，嘆了口氣，對林景時拱手。「下官這就先去處理。」

林景時不置可否，對他道：「記得把昨日的事情寫成摺子，『一五一十』地送到京中。」

劉知縣心中一抖，聲音也不自覺地低下去。「下官明白。」

林景時瞇起眼睛看著他的背影，縣丞心底發慌，撿起還在地上的官印，胡亂對著林景時行禮，也跟著跑了出去。

林景時卻像是絲毫未覺，陷入了沈思。

第二十六章

劉知縣出了門，當即下令封鎖縣城，不允許百姓隨意進出。這下子縣城中更是人心惶惶，馬哥「咚咚咚」地敲著江家鋪子的門。

賴富從門板上專門摳出來的一個小眼上看了看，對著李牙使眼色，二人一人一半卸下門板。馬哥剛進來一口氣沒喘勻，那門板「噠」一聲就回到了門上。

馬哥被他們這速度驚了一下，傻愣愣地張著嘴，問道：「這是怎麼了？」

賴富見平日精明的馬哥今日的蠢模樣，一咧嘴，不答反問。「馬哥今日怎麼來了？咱們鋪子關了好幾日了。」

說到正事，馬哥也嚴肅起來，他皺緊眉頭。「你們可知曉今日為何突然封了碼頭？」

封了碼頭?!

這事賴富還真不知道，他轉念想到這幾日大夫時不時過來說的話，心覺不好，一顆心往下墜地生疼，對馬哥道：「那城門封了嗎？」

馬哥一咂嘴。「這不廢話嗎？我從碼頭被趕出來後，就聽大街上嚷嚷著封城門。我只是過來問一句就要趕緊回家，是不是……是不是那地火炸得厲害了？怎麼越到出事的時候越沒有消息？如今城中什麼亂七八糟的消息滿天飛，一句準話也沒有。」

李牙臉色蒼白，看了看賴富同樣驚魂不定的神色，手上的力氣一鬆。「我、我去找醫女問問！」

賴富一把抓住他袖子。「如今可不能出門！」

馬哥有些著急。「你們快說，得了準話我就走，我家媳婦不定嚇成什麼樣子了。」

賴富心一沈，重重點頭。「我們沒聽到消息，但看這樣子怕是炸了。如今劉知縣下令封城，應當就如同之前猜想的那般，怕流民湧進縣城。」

馬哥的臉隨著他的話一個字一個字變得鐵青，一句話不說，自己上手拆門板，推開門就往家裡跑。

李牙也跟了出去，三兩步跑到相鄰的繡莊，鐵錘般的巨拳用力捶著門。「醫女、醫女！」

賴富這邊看著急得不行，想去把李牙拖回來，又怕自己一時沒看住鋪子再進了人，只能大聲叫嚷：「李牙，你回來！」

李牙不管不顧地捶著門，急得賴富直跺腳。

終於，繡莊的門「嘎吱」一聲從裡面打開，醫女的臉一閃而過，下一瞬李牙已經踉蹌地跌入繡莊。

賴富聽著繡莊上門板的聲響，無奈地嘆口氣，只能回身先把鋪子門關上。至於李牙，等林景時的人來了再問問吧。

此時的李牙在繡莊與醫女面對面站著，一道門隔絕了街上的紛亂喧囂，他兩眼發光，看著醫女面無表情的臉，搓了搓手，小心翼翼地問：「醫女，我方才聽說地火炸了，是真的嗎？」

醫女冷漠地點點頭，眼中一絲波動也沒有，卻沒想到李牙先急了起來，上前一把握住她的手。「妳整日做那些藥丸子，難道妳要去城外？」

醫女面上閃過一絲驚訝，她沒想到李牙竟然能猜到這個，皺眉問道：「你如何知道的？」

李牙一聽她這話像是肯定了，心中大急，手上握得越發緊。「我同妳一起去！」

醫女掙了兩下沒掙開，索性放棄了，任他握著手，眉頭皺得更緊。「你去做什麼？」

李牙急得滿臉通紅。「我怎麼能放妳一個人在那人堆裡？我個高壯實，有力氣又抗打，怎麼也能護住妳！」

醫女心中微動，皺緊的眉也慢慢舒展開來。「你如何知曉我整日做藥丸子，還要出城的？」

李牙委屈地癟癟嘴。「妳見天兒地不去鋪子裡，林掌櫃這陣子又忙，我也沒法子問妳的事，只能每回大夫去給江爺爺和賴嬸看病的時候才能問幾句，每聽到一句半句關於妳的話，我晚上都躺在炕上琢磨半宿，我又不傻，怎會琢磨不出來？」

醫女的心隨著他的話，軟成了一灘被春雨浸透的泥。怪不得大夫每回回來都看著她唉聲嘆氣的。

她柔聲道：「你先鬆開手。」

李牙一個激靈，下意識地鬆開手，只見她白嫩的手被捏得通紅，手背上赫然是幾個青白的指印，心疼得直咧嘴，急得滿地亂轉。「我不是成心的！這可怎麼辦，要不要抹藥？」

醫女看著眼前的傻子，面上浮出一抹不想再壓抑的笑容，伸出手去拉住他的手。「無事的。」

李牙的腦袋「轟」的一聲，整個人僵在當場，全身都麻得動不了，只有那厚實的大掌感受著醫女細嫩的手。

他抖了抖唇，什麼話都說不出來，接著突然「哇」的一聲哭了起來。

醫女嚇了一跳，縮回了手，誰知李牙反應更迅速，一察覺到她的手離開，馬上反手握住她的，嘴裡哽咽道：「醫、醫女，妳、妳是不是原諒我了？」

醫女疑惑地問道：「我生你氣了？」

李牙的大淚珠滴在地上「滴答」作響，話中卻帶著委屈。

「就是我過年那回一高興喝多了，後面就睡了過去，妳什麼時候走的都不知道。妳愛吃什麼、不愛吃什麼，我都還沒摸清。這幾個月咱倆碰不上幾面，就算見了面也說不上幾句，妳躲著我呢，妳指定是生我氣了。」

醫女長長地嘆了一口氣，伸出手踮起腳尖，摸了摸李牙毛茸茸的腦袋，聲音帶著自己都未察覺的寵溺。「傻孩子。」

李牙只覺得今日的自己太幸福了，不只被醫女握了手，還被摸了腦袋。

他抹了一把眼淚，用腳尖踢了踢地上的青石板，得寸進尺道：「那，妳原諒我了，我們能抱一下嗎？」

醫女「嗖」地一下把手縮回來，瞇起眼睛上下打量著李牙。

李牙不知道她為何又變回去了，著急道：「是有一回，我看到林掌櫃在後院抱著雨橋，謝謝雨橋原諒他什麼的，那不是原諒了就得抱一下啊！」

醫女冷不防聽到關於自己主子的八卦，恨不得捂住耳朵，狠狠地瞪了他一眼。「外頭亂，你也別回去了，給我搓藥丸子去。」

李牙癟了癟嘴，也不敢反抗，垂頭喪氣地跟在她身後。

二人的身影消失在門簾後，隱在暗處的大夫才戳了戳身邊的桑掌事。「桑老婆子，真看不出來，咱們主子竟然還有這麼一面，影子那小子瞞得可真好。」

桑掌事原本臉上掛著欣慰的笑，被他這話一說，臉「呱嗒」一下拉下來，剜了他一眼。「就你廢話多。」

大夫沒臉沒皮地「嘿嘿」笑了起來。「看來醫女這小姑娘怕是要栽在那傻小子手裡了，我這個心啊，沒著沒落的。醫女還是個肉娃娃的時候，我就帶著她跟師父學醫，如今她都要嫁人了，她師兄我還是老光棍一條。」

桑掌事聽著他意有所指的話，冷哼一聲。「你若是有這閒心思，不如琢磨琢磨城外馬上要到來的流民。」

大夫被桑掌事一句話噎住，看著她的背影，無奈地搖搖頭。

看來前路既阻且長啊！

賴富關上店門，自己在鋪子裡轉起圈來，賴明懂事地安慰他。「爹，李牙哥不是進了繡莊，無事的。」

賴富重重嘆口氣。「我答應了雨橋，家中一人不少，這還沒怎麼著呢，李牙就先跑了。」

賴明撓了撓頭，接不下去。

聽到消息而來的李大廚，氣得一踢凳子，吼道：「讓他去！這脾氣這輩子他是改不了了！吃了多少虧都沒夠！」

賴富無奈地看著他氣呼呼的坐在凳子上，欲言又止，只能上前拍拍他的肩膀。「罷了，孩子大了，咱們也管不了，李大哥別上火，等會兒看看繡莊會不會來人吧。」

話音剛落，就聽到後院有東西落下的聲音，賴富面上乍喜，就見大夫掀開簾子從後院進來。

李大廚雖說氣急，到底還是擔憂李牙，強撐著站起來，對大夫拱手。「大夫，李牙他……」

大夫想到什麼似地笑了起來，上前先給李大廚把了把脈，道：「放心，他如今笑得像個二傻子，跟在醫女身子後面搓丸子呢。這天總不暖，你這風濕可得好好注意著些，晚上記得燒上炕。」

李大廚聽到李牙沒跑出去才鬆了口氣，感激地對大夫道：「我那兒子我知道，出了這事，他肯定要跟在醫女身邊。他是有一把子力氣，別的我倒不怕，就怕他那一根筋的腦子，再給你們的大事添了亂。」

大夫想到每回過來，李牙那晶晶亮的眼神，贊同地點點頭，嘴上還是安慰他。「他一片赤子之心，只想著護住醫女，哪裡添得了亂？我來前他還讓我叮囑你好好守在鋪子中，他知曉自己在做什麼。」

李大廚愣了一下，緩緩坐下，許久才搖搖頭。「罷了，賴兄弟說得對，兒子大了，我又能管他多久，隨他去吧。」

賴富抿了抿唇，對大夫道：「咱們整日關著門，外頭什麼都不知道，雨橋他們還好嗎？」

大夫點頭道：「一大早掌櫃的知道消息就去了小院。放心，如今掌櫃的與劉知縣是想把流民堵在城外，他們不入城，我們就不用擔憂。」

被擔憂著的江雨橋此時看著眼前的林景時，咬緊唇，一字一句道：「林掌櫃，我同你一起去。」

林景時神色淡然，說出的話卻斬釘截鐵。「不行，若照妳所說，今明兩日其他村子怕是也要炸。昨夜炸了一回，劉知縣已經派人快馬加鞭去通知剩下的村子了，既有了前車之鑑，那他們定然全村都會躲避到山上。如今糧食有限，人越多，吃得越快，不出五日他們就會聚集到縣城外……太危險了！」

江雨橋聽了不知是喜是憂。喜的是這一世傷亡定然沒有上一世慘重；憂的是這一世的流民怕是比上一世多上許多。

她挺直了瘦弱的脊梁，目光堅定。「我夢中的流民約莫千人上下，那時所有人都毫無防備，一下子被這上千流民湧進了縣城，這才措手不及，被砸被搶，甚至出了人命。

「這一回咱們雖說流民多了，可也有了萬全的準備。這地火不同於旱、澇災，只要炸完燒盡了，這些流民馬上就能回村，若朝廷能免了明年的賦稅，怎麼也能讓他們緩過一口氣來，掙出一條命，讓他們看到希望，他們不會輕易暴亂的。」

林景時又何曾不知道她所說的一切，他垂下眼眸。「妳又如何知曉，朝廷會免了賦稅？妳可知這一世同我們夢中已是完全不同的兩世了。」

江雨橋如遭雷劈，愣在當場，她聽見了自己的聲音，陌生又熟悉，乾澀又沙啞。「你是說，娘娘不會免了明年的賦稅？」

林景時猛地抬起頭來，目光冷冽。「噤聲！」

江雨橋一個激靈，眼底滿溢著不可置信，疑惑地看著他。

林景時目光複雜地看了她幾息，上前把她摟入懷中，躲在門縫中偷看的江家幾人齊齊倒吸一口氣，差點就要衝出來把兩個人拆開。

就在這時候，卻看見林景時輕輕放開江雨橋，伸手摸了摸她的頭，轉身出了門。

江雨橋卻恍若未覺，站在原地看著他的背影，一動不動。

江家人打開門衝出來，江老太一把拉住江雨橋的手，把她拖回屋裡，想要問清楚她與林景時到底是怎麼回事？

江雨橋腳步蹣跚卻順從，直到坐在熱呼呼的炕上才回過神來，耳邊殘留著林景時方才的低語——「我身邊，有娘娘的人。」

她放軟身子靠在炕被上，看著眼前滿眼擔憂的爺奶和弟弟，扯出一抹笑。「無事的，我想去城外幫忙，林掌櫃不讓我去。」

江老太一聽就急了。「去什麼去，妳這麼小一個姑娘，去那危險的地方做什麼？我們這一大家子老的老、小的小、病的病，妳若是真的去了，我們這幾口子丁點兒消息都沒有，不得急死？」

老江頭也捂住胸口。「妳奶說得對，不去，咱們不去。妳去了爺心裡難受，肯定整日睡不著覺。」

江雨橋拍了拍欲言又止的江陽樹的肩膀，彎起嘴角，苦澀一笑。「爺奶放心，林掌櫃不同意，我不去。」

眾人這才齊齊鬆了口氣，此時也不去追究方才林景時抱她的事情了，江老太生怕她胡思亂想，拉著她道：「這幾日我教妳賴嬸做乾糧，她做得可好了，妳快去瞧瞧。」

賴嫂子聽到江老太誇她，笑成了一朵花，也上前拉住江雨橋的另一隻手，滿臉乞求。江雨橋敵不過她純真的眼神，跟著下了炕，跟著她們去了灶房。

林景時從小院出來的時候，街道上已經亂成了一團，每個人都像悶頭蒼蠅般胡亂衝撞，迫切希望得到一點消息，心底卻又擔憂真的得到壞消息。

他看著巷子口那棵筆直的樹，閉上眼睛深深吸了一口氣，再睜開眼睛，眼底已經恢復冷靜，輕聲道：「去城外。」

四個人影彷彿從天而降，霎時間出現在他身後，帶頭的一人對他恭敬地行禮。「公子，娘娘讓您千萬莫要以身試險。」

林景時冷哼一聲。「如今流民尚未到城門外，這在你們看來已經是險了？若你們只有這點本事，就早早去顧先生那兒守著。娘娘讓你們保護我，不是讓你們監禁我。」

四人沒了聲響，林景時說完就自顧自地往城外走去，幾個人想勸他上車，張了張嘴還是沒說出口，只能抬腳跟上。

城外，劉知縣已經派人開始作最後的收尾，兩百個大棚子搭在城門外半里地處，靜靜等待著即將到來的流民。

一切看來都井井有條，劉知縣滿頭是汗，看到林景時一行人，急忙跑過來，氣喘吁吁道：「林掌櫃，就是糧食怕不夠，一日三頓稀粥果腹的話，也只能撐一個月左右。」

林景時默了默沒有接話。

劉知縣窺著他的臉色，道：「我已經上了摺子求朝廷的救濟糧，只是不知要多久才能到……」

林景時冷笑一聲。「劉知縣可敢開倉放糧？」

劉知縣被他一句話嚇得渾身發抖，吶吶地說不出話來。

林景時一甩袖子。「劉知縣既然不敢，那便不用明裡暗裡地催我，能做的我自然會做，做不到的你逼我又有何用？」

劉知縣抬眼看了看跟在他身後面色冷然的幾個人，隱隱覺得林景時有些不對勁，面上卻更是惶恐。「下官知錯了。」

林景時挑眉。「劉知縣莫要再用下官自稱，林某承受不起。」

劉知縣努力定住心神。「我、我知曉了。」

林景時看了看四周，對他道：「這些年繡莊掙得的銀子，我前幾個月都拿出來買糧了，剩下的我已幫不上忙，劉知縣還是早早往上頭多送幾份摺子才好。」

劉知縣咬牙應下。「林掌櫃說得是，下……我這就回去。」

林景時心底暗暗嘆了口氣。他還是太激進、做得太多了，看到這四人的瞬間他就明白了姑姑的意思，可如今……已經是騎虎難下了。

劉知縣一日連發了十二道摺子求人、求糧，知曉竟然真的炸了，知府把手中的茶杯用力一摜，摔得粉碎。

「祥瑞?!去他娘的祥瑞！」

他罵了幾句，深吸幾口氣喚來心腹，讓他親自帶著這些摺子進京，一定要送到御前。

許公公此時更是焦頭爛額，前陣子劉知縣送上來的摺子他壓了下去，可他心中驚慌，辰妃娘娘家鄉的祥瑞變成惡兆，這個他真的承受不起！

他時刻派人盯著縣城，眼看著氣候反常，異象頻頻，多年的宮中生活讓他明白不能再等下去了。他悄悄喚來許遠，看著自己這唯一的俊朗非凡、恭敬有禮的姪子，低聲與他道：「你收拾收拾，出京。」

許遠瞳孔微縮，卻並不追問，點頭應下。「叔父放心，我們明日就走。」

許公公搖搖頭。「是你，不是你們，你的家眷全都留下，你自己悄無聲息地出去。我已經讓人換了銀票，若真有什麼不好，你就隱姓埋名，遠走他鄉，也能過個富家翁的日子。」

許遠心中掀起驚濤駭浪，他靠近許公公，終於問了一句。「出什麼事了？」

許公公嘆了口氣。「我本想讓你平穩過一生，可事與願違，那地火怕是真的要出事了。叔父無能，保不住你全家……只求你日後給許家留下一兒半女的血脈。」

許遠形若癲狂，兩眼赤紅，上前兩步抓住許公公的手。「叔父，我不走！如此大事，我怎能撇下你獨自離開！」

許公公兩眼含淚，反手回握住他。「聽話，你是咱們許家唯一的骨血了，叔父能保住你也算是了了一樁心事，日後你有了後，給叔父過繼一個到名下，就是對叔父最好的報答了。」

許遠被他一番話說得兩眼無神，癡癡傻傻的模樣讓許公公更是心疼，他用力推了他一把。「快回去，收拾些好帶的細軟，兩個時辰以後就走。」

許遠被他推得一個踉蹌，喃喃道：「叔父……」

許公公狠下心給了他一巴掌。「清醒些，快走！」

許遠膝蓋一軟，跪下重重磕了三個頭，哽咽道：「叔父保重，姪兒這就……去了。」

許公公閉上眼睛點點頭，不再作聲。許遠用力抹了一把臉上的淚，站起來整了整身上的小太監服，頭也不回地往外走去。

許公公看著許遠出了門，鬆了一口氣，喚來自小養大的心腹太監，讓他去收拾行李，日後就留在許遠身邊。

許遠悄無聲息地出了京城，甚至連許夫人都沒發現。許公公尋來一個與許遠面容七、八分相似的替身，當日「許遠」就病倒在床，在京中四處求醫問藥，鬧騰了好一陣。

唯一的血脈重病，許公公做出悲傷欲絕的模樣，閉門謝客，除了偶爾皇上召他去談談心外，一步不出院門。

劉知縣的摺子到底是呈上了御前，皇帝看著眼前高高一疊奏摺，有些不耐。「又出何事了？直接扔給六部尚書，朕沒心思看這些。」

洗筆太監小心翼翼道：「陛下，此事是關於辰妃娘娘……」

話未說完，皇帝就瞪起眼睛，一把扯過最上頭的奏摺，細細看了起來，越看他的表情越驚恐，不知過了多久，他重重地把奏摺摔在御案上，怒吼道：「把許老狗找來！」

許公公聽到皇上傳他去的消息，心裡一抖，隨後整了整衣冠，對來傳令的小太監道：「陛下可是收到了什麼奏摺？」

那小太監面露為難，看皇上的意思是對許公公生了大氣，可之前又對他極為寵愛。

他猶豫了一會兒，輕輕點點頭，沒有說話。

許公公心中有了底，慢吞吞地跟在小太監後面，在心中把這幾日總結起來的話又過了一遍。

皇帝看到許公公邁進御書房，不知哪裡來的力氣，搬起一摞奏摺朝他砸了過去。

許公公不敢閃避，硬撐著被那硬邊奏摺砸了一頭一臉，額角霎時溢出血來，順著溝壑叢生的臉上蔓延。

許公公跪倒在地，也不敢擦臉上的血，更是不敢讓血污了這御書房，伸出手接著「滴答滴答」的血。

御書房中一片寂靜，無人說話，只能聽到皇帝「呼哧呼哧」的喘氣聲。

許公公聲音發澀，開口道：「陛下，老奴有罪，還請陛下莫要因老奴一個罪人，氣壞龍體。」

皇帝冷冷一笑。「你豈止有罪？你罪大惡極！你可知發生了何事！」

許公公頭埋得越來越深，嘴上卻道：「奴才……不知，但既與奴才有關，奴才斗膽猜測與娘娘也有關。」

提到了辰妃，暴怒中的皇帝停滯了一下，下一瞬卻更是怒從心起。他聲音嘶啞，對許公公吼道：「你還有臉提她？她被你害得要遺臭萬年了！」

許公公渾身一抖，像是不敢置信，沈默片刻突然哭了起來。「老奴這條命就是娘娘給的。自娘娘去了，老奴日夜思念娘娘，恨不得隨她去了。只是陛下捨不得娘娘，掛念娘娘，留著老奴給您逗趣解悶。若是真的因著老奴拖累了娘娘，哪怕把老奴千刀萬剮都不能彌補一二，求陛下下旨，讓老奴去陪娘娘吧！」

皇帝臉上卻絲毫不為所動，聽他說完，反而露出猙獰的笑。「來人，把這老狗的那條血脈拖出去凌遲了，朕也要讓他嘗嘗這椎心之痛！」

許公公心底一片冰涼，原本所有準備好的話全都堵在嗓子尖說不出來。他心知說了方才的話，如今再反悔求饒怕是比現在還要慘，臉色煞白地跪在地上提著心，生怕假冒的許遠被人發現，到那時就真的丁點兒希望都沒了。

皇帝親自站起來，走到癱軟在地的許公公面前，冷笑道：「你想死？朕偏不讓你死，你不是最看中血脈嗎？朕就讓你絕了這條心思，剩下半輩子裡日日惦記著你這殘缺之身，死後無人供奉！」

許公公一動不敢動，心裡如同油煎的一般。當日祥瑞一說是三皇子操作的，他勸也勸過，可三皇子卻執迷不悟，如今出了這等事，他只能苦澀地自己承受。

地上一人高的西洋座鐘「滴答」走著，那長、短針就這麼交替著一步一步繞著圈。許公公心底越發沒了底。

終於，外頭傳來小聲的通稟聲。「陛下，許遠已經捆至慎刑司。」

許公公心下一鬆，身子卻再也跪不住，趴在地上瑟瑟發抖。

皇帝這才出了幾分氣，對外頭高聲道：「三日三夜一刻不能少！」

門外的侍衛沈聲應下，皇帝回頭看向軟成泥的許公公，瞇起眼睛。「把這老狗拖下去挑斷手腳筋，讓他一輩子如豬狗一般趴著乞食！」

許公公還未回過神來就被人拖進了慎刑司，一進門就看見渾身被血滾成一團的一個人形，監管的太監陰惻惻地桀笑一聲。「許公公，咱家可親眼看著呢，你這姪兒命倒是大，放心，咱家定然謹遵皇上聖旨，三日三夜，一刻不少！」

許公公用盡渾身力氣扯出一抹笑，隨即閉上眼，咬下舌尖，感受著噴湧的血湧入喉嚨。他神思開始恍惚，唯一的心思就是惦念著不知身在何處的許遠。

林景時知曉許公公咬舌自盡的消息，第一反應是懷疑，直至聽到他見了皇上後才咬舌，全程沒有離開過娘娘的人的眼，才皺起眉來。「你是說許老狗這麼輕易就自盡了？許遠呢？」

影子壓低聲音道：「許遠被皇上判了凌遲，三日已過，化成了一具白骨。陛下不解恨，派人挫骨揚灰，早就不存於這世上了。」

林景時怎麼聽都覺得有些蹊蹺，沈聲問道：「許遠就如此輕易被抓了？」

影子沈默片刻，有些懊惱。「屬下等人只知曉摺子呈上的前幾日，許遠被許老狗喚入宮中，出來後就稱了病，四處求醫問藥，直到陛下傳喚那日才出門。」

林景時眼中精光乍現。「那許遠可真是許遠？」

影子抿抿唇。「屬下也懷疑過，只是陛下禁衛全程押送，我們只能遠遠瞧著，身形樣貌確實看不出什麼來，臉色有幾分蠟黃枯瘦，可細看又像是真的病容。」

林景時輕哼一聲。「他倒是命大，許老狗為了這姪兒，竟然能去尋死。」

說罷他揮揮手。「你去吧，流民已經開始在城外聚集，我們的人安排好後就撤回，只全力配合劉知縣。」

影子鄭重應下，出門拐著彎先去尋醫女。這天氣忽冷忽熱，門外老幼染了風寒的可不少。

江雨橋站在小院中，認真聽著林景時幾乎要消散在空中的聲音。「我懷疑許遠……沒死。」

她苦笑一下，贊同地點點頭。「林掌櫃可知，為何夢中許遠直到我身死都沒有子嗣？」

林景時心中咯噔一聲，等著她繼續往下說。

江雨橋長嘆一口氣。「若是再有子嗣，那他便不是許公公唯一的血脈了，許公公對血脈看得極重，為了保住許遠，他什麼都願意做。若他有個孫兒，怕是心中就會對許遠掂量起來。」

林景時恍然大悟。「許遠倒是狠得下心。」

江雨橋無奈地搖頭。「許公公遍尋天下名醫，隔三差五便送人到縣城給許遠瞧病，可他身子本就好好的，能瞧出什麼來？許公公一直以為是緣分未到，這一等便等了幾十年……」

林景時瞇起眼睛。「如今瞧著，他應當真的未死。」

看著江雨橋有幾分蒼白的臉色，他安慰道：「就算未死，他也不敢再出現在縣城了，這裡熟悉他的人太多，稍一露面便會洩漏蹤跡。」

江雨橋咬著下唇。「林掌櫃，萬事小心。」

林景時卻突然笑了，如同那穿透烏雲的金陽，閃得江雨橋忍不住躲開目光。

他伸出手，拉住她青蔥般的手指，清冽的聲音沁入她心中。「我們能做的已經都做了，如今我與妳一樣，只能守在城中，一步多餘的也不敢做。」

江雨橋心中微驚。「你……」

林景時諱莫如深地加深了那抹笑。「影子回來了。」

江雨橋簡直替他鬆了口氣，一直僵硬的身子也放鬆下來，誇張地左顧右盼。「我還以為咱們倆說話又會被人聽到呢。」

林景時「哦」了一聲，裝作不經意問道：「如今知曉沒人聽得到，妳要與我說什麼？」

江雨橋不知為何臉一下子漲得通紅，狠狠地瞪了他一眼。「別鬧！」

林景時笑彎了眼，忍不住抬手拍了拍她的髮頂。「妳想回去嗎？」

「可以回去了?!」

江雨橋尚未回答，一直躲在門後、豎著耳朵聽的江家三口衝了出來。

江陽樹一臉驚喜地繼續追問。「林掌櫃，我們這就可以回去了？」

林景時先被他們的突然出現恍了一下，哭笑不得道：「流民已經暫時在城外安置下來了，一日兩頓稀粥，受了寒還有現成的藥，如今只等著地火燃燒殆盡，就安排他們回鄉，種一些明年能餬口的糧食。」

江陽樹努力消化著他的話，腦中轉得飛快。「林掌櫃是說，只要能讓流民保持餓不死的情況，他們就會綿軟得像待宰的肥羊一般？」

林景時眉頭微皺，沒有出聲。

反而江雨橋愣了一下，下一刻上前怒斥他。「什麼叫待宰的肥羊？城門外那些都是你的鄉鄰！你入口的糧食便是他們種的，你身上的棉衣也是他們織的，你曾經的同窗、你買過包子的掌櫃，甚至與你擦肩而過相撞一下的孩童，如今也許都聚在城門外，在這詭異的天氣中，等著那一口能活命的稀粥！

「江陽樹，你如今吃好、喝好，守著家人、熱炕暖被，倒是磨得你成了個少爺！我費盡心思讓你入城，如今竟然不知是對是錯！」

這還是江雨橋頭一回叫他的大名，江陽樹被她一字一句砸得頭暈眼花，他先是委屈害怕，而後聽到江雨橋的話，羞愧得臉上像是能滴下血來。他捏緊手心才讓自己保持清醒，二話不說跪了下去，一句話也不辯解，彎著腰趴在地上，等著江雨橋下面的話。

江雨橋罵過了就不去看他，深深吸了幾口氣，壓住心中的失望與憤怒，僵硬著臉對林景時拱手。「林掌櫃，今日不便談這些，咱們明日再說吧。」

林景時微微頷首。「那我先去尋顧先生一趟，明日再來。」

老江頭也被江陽樹氣得不輕，打起精神來把林景時送到門外，院門一關，自己就有些腿軟，撐著走到江陽樹眼前，抬起腳來狠狠把他踹倒。「畜生！」

江陽樹不敢反抗，眼淚糊了滿臉。

江雨橋看也不看他，上前扶住老江頭。「爺，您受不得氣，咱們進去。」

江老太急忙上前去掀開門簾，待祖孫倆走進去，才狠狠瞪了依然跪在院中的江陽樹一眼，嘆了口氣，自己也跟了進去。

六月的天，大雪紛紛而落，江陽樹從天亮跪到天黑，屋裡竟然沒有一個人出來。

賴鶯悄悄摸進灶房，拿了一個饅頭遞給他。「小樹哥哥快些吃，我躲著爺奶、姊姊拿的呢。」

江陽樹看著賴鶯忽閃忽閃的眼睛，對自己說出的話悔恨不已，他搖搖頭，沙啞道：「小鶯快回去吧，天涼，莫要受了風寒。」

賴鶯倔強地舉著手，把那尚有餘溫的饅頭往他嘴裡塞。「小樹哥哥要吃東西才能跪下去，不然暈過去了怎麼跪呀！」

江陽樹被她說得哭笑不得，努力抬起僵硬的手，接過已經拿到自己嘴邊的饅頭，一把塞進嘴裡用力嚼著，含含糊糊對賴鶯道：「我吃。小鶯妳快回去吧。」

賴鶯瞪著大眼睛，見他吞下了一整個饅頭，才誇張地撫了撫自己的小胸脯。「小樹哥哥吃完了就成，我這就回去了，不然奶奶就要發現了，你好好跪著啊。」

江陽樹點點頭，挺直背脊不再說話。

賴鶯一步三回頭地看著他，自以為神不知、鬼不覺地溜了回去。

老江頭、江老太早就把院子裡孩子們的話聽得一清二楚，江老太狠狠掐了一把老江頭才忍住笑。

賴鶯帶著一股涼氣爬上了炕，輕手輕腳地掀開被子，江老太故意一翻身，把她嚇了一跳，小小的身子僵得筆直，大氣都不敢出，滴溜溜的眼珠子轉了半天，見江老太再沒了其他動靜，才呼出一口氣，不一會兒工夫就打起了小呼嚕。

轉過日一大早，江雨橋頂著一晚上沒睡的黑眼圈打開門，看到江陽樹嘴唇發紫、臉色蒼白地跪在原地，神情莫辨地看了他許久，才抬起腳過去，在他面前站定。

江陽樹已經發起了熱，迷迷糊糊地看到江雨橋的身影，重重地一磕頭，張了張嘴，竟然沒發出聲音。

他心中著急，用盡最後一絲力氣，抓起地上的一把雪塞進嘴裡，冰涼刺骨的雪滑過喉嚨，刺入心脾，他才覺得清明了幾分。

江雨橋皺眉看著他吃了一口雪，並沒有阻攔。

江陽樹覺得自己腫痛的嗓子已經能發出聲了，才緩緩開口：「姊，我知道錯了。」

江雨橋依然沒說話，卻也沒有離開，就這麼站在他面前。

江陽樹悔悟地繼續道：「姊，我太想成功、太想做人上人了，我想有朝一日站在……爹面前，讓他看看，當年他非打即罵的孩子，如今已經能輕易地把他踩在腳下。

「我想比林掌櫃還厲害，日後妳嫁了他，才會無人說妳閒話，說妳攀了高枝，他若是有對不住妳的地方，我也能站在妳面前替妳撐腰。

「我想入朝堂，做能臣、做諫臣，讓陛下莫要為了一己私慾，置百姓於不顧。

「我想做的事情太多了，可我太弱小，我看著妳與林掌櫃一起為了拯救全縣百姓殫精竭慮，我卻只能躲在你們身後，甚至連話都插不上。

「姊，我已經冷靜下來了，我知道自己太好高騖遠，我不求姊原諒我，只求妳不要再生氣……我真的錯了……」

說到最後，江陽樹已經不知道自己在說什麼了，只憑著本心一股腦兒地把心底最深處的話全都吐出來。話音未落，人已經一頭栽進雪地裡，昏迷過去。

江雨橋一慌，趕忙扶起他來，見他面色開始泛紅，心知不好，用力把他扶了起來，準備揹他回屋。

林景時正巧推開院門，眉頭一皺，三兩步上前接過她背上的江陽樹，回頭看了懵懵的江雨橋一眼，嘆了口氣，一把拉住她的手，一起進了屋。

第二十七章

江老太正在屋裡給賴鶯換尿濕的褲子，猛然見人闖了進來一驚，看到林景時背上的江陽樹，把嘴唇抿成一條線，俐落地把炕被掀開，讓林景時把江陽樹平放在熱烘烘的炕上。

江雨橋咬著唇，看著她一言不發忙前忙後，低聲道：「奶……小樹他……」

江老太塞給老江頭一個杯子，讓他餵江陽樹喝溫水，回身拉住她的手。「他這麼丁點兒大的孩子，跪了一宿後是個什麼模樣，咱們都有準備。莫要擔心了，燒幾日病一場也好，省得真長成個不知好歹的少爺。」

江雨橋眼淚含在眼中，重重點頭。「奶說得是，今日我才知道小樹心中竟然有這麼多心思，若是不好好引導，怕是日後要走了歪路。」

老江頭也贊同。「雨橋妳罵得對，這孩子之前受了苦，不說咱們三個，小明與李牙他們都對他心軟一分，眼看著是越來越活泛，我本以為是好事，卻沒想到他竟會把那種話輕易說出口。咱們都是村裡出身，真忘了本，那不如不讀書了，我帶他回村裡種田去。」

不知曉江陽樹聽到家人的說法是什麼心思，林景時倒是徹底安了心，他想起昨日與顧潤元商議的事情，對老江頭道：「江爺爺，讓小樹先好好歇會兒，我有話同你們說。」

江雨橋忍不住也嚴肅起來，對他點點頭。「我們去隔壁說。」

老江頭與江老太心中惴惴，互相對視一眼，還是跟了過去。

林景時見人來齊了，壓低聲音道：「不知江爺爺與江奶奶可曾想過，讓小樹出去遊學？」

「遊學？」到底是培養過讀書人，老江頭皺緊眉道：「那不都是考上秀才、舉人後的事嗎？小樹還這麼小。」

林景時默了一瞬才開口道：「我與江爺爺交個底，顧先生家中與辰妃娘娘有些私怨，後來他才來到縣城，面上不談，實則也有監看許遠之意。

「如今許遠已經遠離縣中，再無翻身可能，他應當也快回京城了。讀萬卷書不如行萬里路，小樹天資極為聰穎，然心思細膩深沈，又不願意宣之於口，必要有一個人在他身邊時時提醒他，才能讓他不入了邪道。我昨日與顧先生商議了一下，若是您放心，就讓小樹隨他同去。」

猛聽到這番話，江家人不知是喜是憂。跟著顧先生去的好處就在眼前，可剛剛團聚一年的時光，一家子就要如此分開。

江老太垂下眼眸，深深嘆口氣。「林掌櫃說的我們都明白，小樹這孩子心裡藏著太多事了，也就偶爾與他姊姊提起幾句，我與他爺只看得到他撒嬌賣癡哄我們開心，誰也不懂他心中有多少苦處，只要他願意，我沒什麼不願意的。」

聽到江老太這麼說，老江頭也跟著點頭。「總歸是對他好，難不成還因為我們兩個老的羈絆著孩子們？就讓他去吧！」

林景時看了一眼一直沈默的江雨橋，小心翼翼地詢問道：「雨橋，妳怎麼想？」

江雨橋被他身上的松柏香撲了一鼻子，心也柔軟下來。這件事好與不好，任誰都看得出來，只是……

她抬眼看向他朗星般的眼睛。「顧先生與娘娘有何關係？」

林景時微愣，轉而彎起唇角。「顧先生與娘娘並無關係，只是當年他落魄時與二皇子偶遇，二人有了往來，二皇子待他亦師亦友，這些年顧先生壓著不去科舉，也是與二皇子商議過的。」

江雨橋聽了這話，眼神卻越發犀利起來。「我們這個小小的縣城，除了許遠與許公公以外，絲毫沒有值得你們注意的地方？為何不管是顧先生還是你，都留在這兒？」

一直對林景時身分不甚明瞭的老江頭和江老太，詫異地瞪大眼睛。「林掌櫃，難不成你……你也不是一般人？」

林景時默認下來。「我的身分一時半會兒說不清，改日我會上門親自與二老解釋。至於雨橋方才所說，此處是辰妃的家鄉，也是她心腹大太監許公公的家鄉，許遠對於許公公的重要不用多說，不管如何，總是會有些蛛絲馬跡。

「事涉宮廷朝堂爭鬥，必定要一個十分信得過之人留在此處，顧先生是自動請纓過來的。而我……其實不只在這個縣城中，我的名下一共有一十二個繡莊，這幾年來我遊走於這些鋪子間，極少待在縣城。」

說到這裡，他的臉上也泛起了幾絲紅暈。「直到……直到你們進了城，我又認識了雨橋……咳，與二老，我這一年才在此處停留了許久。」

江雨橋萬萬沒想到他會這麼說，被他一番直白的話說得臉一下子透紅。老江頭和江老太瞠目結舌地看著眼前一對臉紅心跳的小兒女，也不知道說什麼是好。

小小的屋子陷入詭異的安靜中，突然有個稚嫩的聲音響起。「林掌櫃，你是不是要娶我姊姊啦？」

江雨橋只覺得整個人快要燒起來了，躲閃著眼神，不知道該看哪裡。

林景時的臉上勉強維持著鎮定的神情，臉頰處的紅暈卻越發深，襯著他冷白的面皮，那紅更是明顯。

江老太趕忙站起來，捉住在簾子中只鑽了一顆小腦袋進來的賴鶯，一把將她挾在胳膊裡，反手輕拍了她幾下屁股。「胡說什麼呢！」

賴鶯一點也不覺得疼，笑嘻嘻道：「我聽見爹與哥哥商議啦，想把賴家的鋪子送給姊姊做嫁妝呢。」

江雨橋感覺自己呼出的氣都是燙人的，越聽賴鶯的話越羞，閉上眼睛深吸一口氣，乾脆奪門而出。

林景時見她就這麼跑了也愣了一下，心底卻泛起甜滋滋的滋味。他上前接過賴鶯抱在懷中，柔聲道：「這話不能在外頭說，妳可知道？」

賴鶯像是看傻子一般看著他。「林掌櫃這話說的，我又不是三、四歲的孩子了，哪裡會在外面敗壞姊姊的名聲？」

這話逗得面色沈如水的老江頭都咧開了嘴，虛空點了點她。「小傳話精。」

賴鶯有些不服氣，想了想自己方才好像的確是傳了話，羞澀地低下頭。

被她這麼橫出一槓子，屋中尷尬的氣氛消散得一乾二淨。

江老太抱著賴鶯躲避出去，老江頭不動，林景時也不敢動，垂著手站在原地，等著老江頭開口。

老江頭看著眼前芝蘭玉樹一般的人，原本早就已經接受這對小兒女的感情，可方才那番話，卻讓他知道林景時的身分怕是比他想的更複雜。

他神情嚴肅地看著他。「你有什麼打算？」

林景時不躲不閃，目光沈穩地與他對視。「江爺爺放心，此次地火之事一過，自然會有人前來替林某提親。」

老江頭提著的心放下大半，面上卻更加嚴肅。「你想要我們就要嫁？你以為我江家女兒是什麼人！」

林景時忍住笑，越發誠懇道：「江爺爺無須擔憂，若真有幸求娶到雨橋，我打算留在縣城。」

「什麼？」一直偷聽的江老太也忍不住衝進來，兩眼發光地看著他。「你是說你還願意留在縣城？」

林景時含笑點點頭。「不錯，人生短短數十載，既然我已經確定了日後執手之人，那便不會再反覆、猶豫，讓她錯過。」

老江頭也裝不下去了，咧開嘴笑得開懷，站起來重重拍了拍他的肩膀。「好、好！」

江老太想到自己一直幻想的事竟然真的有了眉目，笑得見鼻子不見眼的。孫女兒若真的出了門還能在自己身邊，過得好壞看得一清二楚，誰也瞞不過他們，那可真是再好不過了。

兩個老的一掃方才的嚴肅勁，笑得臉上開了花，江老太一把拉住林景時。「晌午別走了，在家吃飯。」

林景時心知他們為何突然轉變過來，笑著應下，對江老太道：「我來之前已經讓大夫稍後過來了，約莫他馬上就要到了，也好給小樹看看。」

「哎喲！」江老太此時看林景時真的一百個好，她拍了拍他的手。「林掌櫃真是個細心人。」

說完回頭瞪了老江頭一眼。「快些陪著林掌櫃說話，我和雨橋去準備午飯。」

老江頭看著她美滋滋地出了門，輕咳一聲，有些尷尬。原本熟悉得不能再熟悉的人，冷不防馬上要換了個身分，他一時不知道該擺出什麼表情來。

林景時體貼地扶住他。「江爺爺，我們去看看小樹。」

老江頭心裡熨貼極了，裝模作樣地借了他的力，看著恭恭敬敬的林景時，面上含上一抹笑。「走吧、走吧。」

江雨橋壓根兒不知道兩個老的被林景時三言兩語就轉了心思，此時滿臉通紅地躲在灶房，手起刀落，把放在一旁、剛洗乾淨的五顆白菜全都剁成了末。

江老太一進來，差點被盆裡冒尖的白菜嚇一跳，眼看她又要去拿白菜，趕忙出聲阻攔。「雨橋，這麼多白菜咱們可怎麼吃！」

江雨橋回過神來，看了看眼前的一大盆白菜，抽了抽嘴角，心一橫道：「咱們包餃子吃唄！待會兒那個……林掌櫃走的時候帶給小明他們。」

江老太露出曖昧的神情。「什麼走不走的，林掌櫃晌午在家吃飯呢，我來包餃子吧，妳去炒幾個菜。」

江雨橋聽到林景時要留下來吃飯，晃了一下神，隨即皺起眉來。「奶，按照爺的性格，在、在林掌櫃說了那些話之後，應當不會留他吃飯的？」

江老太輕咳了幾聲。「我怎麼知道妳爺怎麼想的？反正咱們先做飯，待會兒包好了先放在外頭凍起來，等到硬實了再拿到鋪子裡，讓他們晚上吃。」

江雨橋敏銳地察覺到江老太話中的閃躲，看她誇張地張羅著舀麵、和麵，心知問不出什麼來，打定主意待吃過飯再去問林景時。

得了林景時一句準話，老倆口看林景時是越來越順眼，想著孫女日後生活在自己身邊，簡直渾身都是力氣，還能再活五十年，怎麼也得把江雨橋的孫子們給看大了才成。

江雨橋絲毫不知他們倆想到那麼遠，看著他們臉上時不時泛起詭異的笑容，心底發虛，給林景時使著眼色。

林景時不知道是不是故意的，只安撫地對她笑了笑，卻沒有跟她出去的意思。

江雨橋眼睛都要眨抽筋了，只能作罷，把飯碗一放，道：「我去看看小樹。」

江老太「嘖」了一下，出聲阻攔。「小樹好著呢，大夫給他開了一帖藥，灌下去了連熱都沒發。多虧了大夫，也多虧了林掌櫃。」

江雨橋只覺得江老太的笑容讓她有些毛骨悚然，她忍不住打了個冷顫，吞了下口水，靠桌子的遮掩，戳了戳林景時的胳膊，壓低聲音道：「隨我出來。」

林景時含笑點頭，站起身對著老江頭和江老太行禮。「江爺爺、江奶奶，我隨雨橋出去一趟。」

江雨橋一聽大急，正要出聲解釋，卻聽到老江頭笑道：「去吧，你們年輕人也多相處、相處，我們兩個老的回去收拾行李，咱們不是馬上要回去了嘛？」

江雨橋驚愕地看著他笑咪咪的臉。這還是之前她一提林景時就忍不住皺眉的爺爺嗎?!

林景時見她這副許久沒出現過的傻樣，忍不住朗笑出聲，伸出手拉住她的袖子。「走吧。」

江雨橋迷迷瞪瞪地跟著他出了屋子，被冷風一吹回過神來，有些作賊心虛地看了小小的院子一圈，見沒人跟出來，才把聲音壓到最低。「林掌櫃同我爺奶說什麼了？」

林景時只當沒聽清，微微挑眉。「嗯？」

江雨橋磨了磨牙，又看了一圈，抿了抿唇，上前一步湊到他耳邊。「你、同、我爺奶、說什麼了？」

林景時做出恍然大悟的神情，一手卻極為霸道地抓住她遮在他耳邊的小手，曖昧地輕笑一聲。「我與二老說……我要娶妳。」

我要娶妳……

江雨橋晃了晃頭。自己明明沒有喝酒，為什麼卻醉了，甚至出現了幻覺？

林景時的心提到嗓子眼，一向引以為傲的冷靜自持也早撇到腦後了，他屏住呼吸等著江雨橋回話，卻只看見她搖了搖頭，接著轉身往屋裡去，竟然一字未說！

林景時微愣，手比他反應得快，下意識地伸出去拉住她。

江雨橋又往前邁了兩步，發現自己還在原地，強行忽略了身後的阻礙，一拍腦袋喃喃道：「我果然醉了。」

林景時目瞪口呆，好氣又好笑，修長的手指一用力，江雨橋一個踉蹌，跌入他的懷中。

直到那溫熱的胸膛貼上她瘦弱的背脊，她才如夢初醒——

方才那句話難不成是真的?!

她不敢回頭，閉上眼睛感受到林景時緩緩低下頭，薄唇湊近她的耳畔，低沈沙啞的聲音沒有往日的清朗，聽得江雨橋心尖都在輕顫。

「雨橋，我想娶妳。」

這一次林景時不容許江雨橋再躲避，他的手悄悄攬上她的腰，微微收緊，讓她無法再逃。

江雨橋低下頭來看了看他精壯的手臂，感受著他炙熱的體溫，鬼使神差地吐出一句。「我爺奶還在屋裡呢。」

「嗯？」

林景時眉頭微蹙，下一瞬卻眼睛一亮，壓抑不住內心的暢快，忍不住想逗逗她。

「妳這小腦袋瓜子裡，都想著些什麼呢？」

江雨橋說完，就覺得自己說得有歧義，被他這麼一點，臉更是像火燒的一般。她掙了兩下，林景時察覺到她是真的想要離開，這才鬆開手，見她像兔子般兩三息就不見了蹤影，搖頭笑了起來。

一進門，江雨橋就正對上兩雙期待的眼睛。

她微微一愣，看著老倆口眼中閃爍著光芒，哭笑不得。「爺奶，方才林掌櫃跟你們說什麼了？」

老江頭輕咳一聲，摸了摸鼻子，想了想，還是同孫女兒和盤托出。「林掌櫃說，那個……若是娶了妳，他就留在縣城。」

江老太也湊上來，一副欲言又止的樣子，糾結半晌才小心翼翼地開口：「雨橋，爺奶覺得林掌櫃挺好的，日後你們就在爺奶身邊，爺奶也能再看顧妳幾年，他若對妳不好，我們兩個老的拚了這條老命也不能饒了他！」

江雨橋看著江老太咬著牙，恍若在發誓，而老江頭也滿臉贊同的表情，心底一陣感動。

她沈下心來思索片刻，終於開了口。「若他真的能做到，我也想留在爺奶身邊。」

江老太激動地上前握住她的手。「那便好，我與妳爺一想到沒兩年妳就要出嫁了，不知要飄到誰家，心裡跟油煎似地整宿睡不著。如今可好了，就在隔壁，整日見面與現在一樣方便，我們也能睡個安穩覺。」

老江頭狠狠瞪她一眼。「胡說八道什麼呢！」臉上的笑容卻出賣了他的內心。

過了最初的驚慌、羞澀，與兩個老的又互相交了底，江雨橋的心也慢慢平穩下來。

她躺在炕上，身邊是如孩童般的賴嫂子幸福的小呼嚕聲，江雨橋在心中把林景時的家世背景翻來覆去地想了個通透，終於長嘆一口氣。

他能決心留在縣城，應當是擋住了不少壓力吧？

此時的林景時面若春曉，把玩著手中的一塊玉，神思卻不知飛到何處去了。

左一耳朵、右一耳朵聽了個七七八八的大夫覺得自己牙酸，齜牙咧嘴地做著怪模樣。

桑掌事從他腦後重重一拍，杏眼一瞪。「你窺著主子做什麼？快些搓藥丸去！醫女和李牙已經在城外好幾日了，明日你就去，讓他們回來歇歇。」

大夫揉了揉後腦，看著眼前讓他記掛在心上二十年的女人，終於鼓起勇氣伸出手，握住她的手。「主子已經長大，也要成家了，會有另一個女子照顧他的吃穿飲食，妳……可曾為自己想過？」

桑掌事心裡一驚，顧不上自己的手還在他的掌中，脫口而出。「主子要成家了?!」

大夫深深地看著她，長嘆一口氣。「葉兒，嫁給我吧。」

桑掌事的頭「嗡」地一下，秋水般的眼眸含著驚慌失措。

大夫越看越憐，手上用了幾分力。「日後主子成家了，我們還跟在他身邊，妳做個後院管事，我做個府醫，一生一世一雙人，可好？」

這麼多年，桑掌事不是不知道他的心思，可她受娘娘所託照看林景時，從不敢有越雷池一步的想法。如今林景時已經長大，準備要娶妻生子，她一時間竟有些茫然，不知自己該做些什麼、該對大夫說些什麼？

大夫卻突然笑了起來，靠近她道：「妳還是二十年前那個容易受驚的小姑娘。」

桑掌事的臉羞得通紅，一把推開他，想走又掛念林景時，鼓起勇氣越過大夫，悄悄往裡頭看了一眼，看到林景時眉眼含笑的模樣才放下心來，又回頭狠狠瞪著大夫。「日後這種話不必再說！」

看著她飄然而去的背影，大夫有些哭笑不得，他嘆了口氣，心下卻越發堅定，回身進了門，對林景時「撲通」一聲跪下，堅定道：「主子，我想求娶桑掌事！」

林景時冷不防被他嚇了一跳，瞇起眼睛打量他一番，問了一個直指人心的問題。「桑姨同意了？」

大夫梗住，半晌才垂頭喪氣地搖搖頭。「她如今正是徬徨的時候，未曾給個明確答覆。」

林景時似笑非笑地看了他一眼。「你以為我沒聽到方才桑姨的話？我無法替桑姨作主，一切只憑她心意。」

大夫被他一句話撅了回來，卻並未難過，他抬頭平視林景時。「屬下定讓她心甘情願！」

林景時笑了笑，模稜兩可道：「那你就去做，在這兒與我發這願做什麼？」

大夫垂下眼眸，對著他行禮。「主子放心。」

第二日，桑掌事耐不住大夫的纏磨，與他一同去了城外，替回了醫女與李牙。

二人都許久未睡個囫圇覺，李牙一對黑眼圈能掛到臉腮了，眼中卻閃著幸福的光芒。

醫女面上不顯，猛一看依舊是老樣子，可那一抹嬌羞卻藏也藏不住。

林景時心底發笑，對李牙道：「雨橋他們下晌便回鋪子了，你也早些回去吧。」

李牙面上一喜。「真的？我是得回去做些好吃的給他們。」

說完有些羞澀地拿眼瞄醫女。「那個……那個……醫女，妳等我，明日我再來尋妳。」

醫女的方臉上湧上一絲紅，還是大大方方地點頭。「我知曉，你去吧。」

李牙得了準話，露出一口白牙，殷切地點著頭，嘴裡還不住地叮囑。「等我啊，等我。」

醫女瞋了他一眼。「趕緊走。」

李牙哈哈大笑，又怕醫女真的生氣，一步三回頭，依依不捨地出了繡莊。

林景時換了個姿勢看著眼前這對小兒女，等李牙出了門才「嘖」了一聲。「李牙彷佛沒跟我道別？」

醫女驚了一下，急忙替他辯解。「他不過是太過開心，還請主子莫要氣惱。」

林景時拖長嗓音「哦」了一聲，看著手足無措的醫女，伸手點了點桌面。「看來要同桑掌事商議一下妳的嫁妝了。」

醫女抖了抖唇，臉已經通紅，到底沒說出拒絕的話，胡亂對著林景時行禮，匆匆跑到後院。

眼看身邊的人一個個都有了著落，林景時的心也忍不住悸動起來。他抽出紙，大筆一揮，一張信紙上只寫了一行大字，小心地用封蠟封好，喊道：「送去給娘娘。」

影子應聲而出，接過信悄無聲息地退下，換上一身勁裝，一刻不耽擱就往京中趕去。

林景時獨自坐在那兒思索片刻，站起來拍了拍衣袖。還要去小院接雨橋呢。

小院六口人的歸來，讓江家鋪子所有人都陷入狂喜。

賴明罕見地露出孩子模樣，抱著賴鶯不撒手。

賴富急得圍著兩個孩子直轉圈。「小明，讓我抱抱小鶯。」

賴鶯瞪著大眼睛回道：「哥哥抱我，爹抱娘呀！」

一屋子人哄堂大笑，賴富羞得滿臉通紅，把賴鶯從賴明懷中搶過來，又恨又愛地拍了她的背兩下。「又胡說！」

賴鶯不明白這些大人們，明明自己說透了他們的心思，卻總是被教育不許亂說。她噘起嘴來生了一會兒悶氣，掙脫賴富的懷抱，看了一圈，見賴明被江老太攬在懷裡，最後跑到江陽樹面前。「爹壞，小樹哥哥抱我。」

江陽樹從醒來後就有些沈默，被一個柔軟的小身子撞入懷中，下意識地摟緊了她，心裡一下子被填滿，抬起頭來看了看慈愛的爺奶、溫柔的姊姊，終於放下怕家人對他失望的擔憂，抱著賴鶯站了起來。「走，咱們去看看李牙哥準備了什麼好吃的？」

江雨橋見他恢復了幾分，也鬆了一口氣，一家人正熱鬧的時候，門卻被急促地敲響。

經歷過這些事，這門一響，所有人的心都提了起來。

林景時打開門，大夫凌亂的髮先探了進來。「掌櫃的，陛下下旨救災了！」

「救災了！」

最先出聲的竟然是李大廚，他激動地擠到林景時身邊，緊緊盯著大夫。「陛下下旨救災了?!」

大夫忙不迭點頭。「救了、救了，聖旨剛到城外，劉知縣當著災民們的面接下聖旨，如今城外已經炸了鍋。」

江雨橋驚喜道：「陛下如何賑災？」

大夫撇撇嘴。「不就是那一套？放了一人一個月的糧食，從省城運糧過來，讓他們早些歸家，明年免了賦稅，往後三年只收五成稅。」

老江頭耳朵一動。「這可是天大的好事，前後算起來，往後四年免了兩年半的稅呢！」

林景時看著大夫有些嘲諷的目光，皺起眉來。「還有什麼？」

大夫嘆了口氣，斂去面上的嘲諷。「並無了，只是聖旨上明明白白寫著，是為了辰妃娘娘才如此。」

林景時彎起嘴角。「怕什麼？百姓們心中如何想，陛下又能控制得了？」

這話說得有幾分大逆不道了，鋪子中人卻誰也沒在意，李牙嘟囔道：「還不是當初許家弄的什麼祥瑞……」

李大廚瞪了他一眼，見他收了聲才收回視線，感慨道：「到底是對咱們平頭百姓好，哪管他什麼說頭呢。」

老江頭贊同地點點頭。「說得是，咱們老百姓就求個溫飽，吃飽穿暖比啥都重要。如今既然聖旨已經下來，劉知縣又是個做實事的，定會早早放了糧食，讓他們歸家。」

江雨橋聽著無語極了。現在在這鋪子中的所有人，彷彿都對遠在天邊的皇帝沒了任何敬畏。

她想說什麼，看著一屋子人又興奮又激動的表情，還是嚥了下去，伸手扶住老江頭。「爺先坐下，站著累得慌，咱們且等著劉知縣的公告吧。」

說罷她就想先去關門，剛踏出鋪子就見四喜從遠處跑來，見到她的身影，眼前一亮，喊道：「雨橋姊姊，妳家還有糧食不？」

江雨橋一愣，四喜已經跑到眼前，看到林景時也在，一下子煞住腳，臉上有些尷尬，深吸一口氣，做出小大人的模樣，對著林景時行禮。「林掌櫃也在。」

江雨橋輕咳一聲，林景時挑眉。「你方才為何問雨橋還有沒有糧食？」

四喜有些為難，瞥了江雨橋一眼，對她悄悄使眼色。

林景時瞇起眼睛，上前站在他面前，擋在二人之間，哼出一句。「嗯？」

四喜無奈，想了想顧潤元的話，伸了伸舌頭道：「是先生說，如今聖旨已下，咱們既然知道了，就趁那些人沒回過神來，先把糧食捐了，然後劉知縣也好給江家鋪子討一個獎賞，給雨橋姊姊抬抬身價。」

至於抬身價做什麼，不言而喻。

怪不得說這件事要躲著林景時，江雨橋有些羞澀，也感動於顧潤元替她想得如此周到。

四喜卻突然站直，把手一背，繼續道：「先生說能不讓林掌櫃知曉更好，但是林掌櫃若是依然賴在江家，就告訴他也無妨。」

林景時透過四喜幾句話，就想到顧潤元那欠揍的樣子，磨了磨牙，輕哼一聲。「他想得倒是多。」

不過他皺眉一想，也點點頭，對老江頭道：「江爺爺，這件事的確是個契機，三、五日之內下放的救濟糧暫時也到不了，但這件事必須馬上下決定，總有些聰明人也能想到，咱們若不是第一個，這名頭就不好爭了。」

老江頭想到自己親手運的糧食，沒有人比他更清楚自家到底有多少糧，若是放出去，夠一個小村子一個月的口糧了。

他看了看林景時，又看了看江雨橋，一跺腳。「捐了！」

「咱們捐了！」

與他異口同聲的是江老太，聽到對方的聲音，兩個老的對視一眼，會心一笑。

老江頭下定決心一揮手。「全都捐了，村子裡留下的幾石是應下給村長他們的，其他的都搬走！」

四喜高興地跳著。「我告訴顧先生去，讓他早些同劉知縣說！」

林景時阻攔不及，他已經躥出去老遠，邊跑邊回頭衝他們揮手。

林景時無奈地搖搖頭，對大夫道：「既然江爺爺定下了，那咱們就抓緊，你與小明快些去張家灣，同住在那兒的人一起把糧食運過來。」

轉頭又對江陽樹道：「你也大了，小院中的糧食由你出面送給劉知縣可好？」

江陽樹先是一驚，又是一喜，抿了抿唇，看了看自家爺奶與姊姊，見他們都欣慰地對他笑，才挺起胸膛對林景時道：「我、我去！」

林景時點點頭，伸手摸了摸他的頭。「你去隔壁尋醫女，讓她派幾個人同你一起去。」

李牙一聽見醫女跟打了雞血一樣，一下子躥上來。「我陪小樹一同去！」

江陽樹來不及拒絕就被他拉著往外去，只來得及喊了一句「姊……」人就被李牙拖進了繡莊。

江雨橋憋住笑，對林景時道：「林掌櫃，這事結束後，我們派人上門提親？」

李大廚諱莫如深地點點頭。「好好好，我給李牙攢了些媳婦本，都藏得好好的，是該拿出來了。」

林景時挑眉。「只要醫女點了頭，我保證把她風風光光地嫁出去。」

賴富笑道：「林掌櫃說起別人的事來，倒是頭頭是道的。」

江雨橋只覺得臉頰發燙，瞋了賴富一眼。「這幾日鋪子裡怎麼樣，賴叔與我好好說道說道。」

賴富咂了咂嘴，沒打趣到林景時有些失望，還是隨著江雨橋去了櫃檯。

林景時看鋪子裡井井有條，對老江頭拱手。「江爺爺、江奶奶，我便先去尋劉知縣了。」

老江頭想上前叮囑兩句，還是忍住了，待林景時一走，他就背抄手對江老太道：「老婆子，咱倆去顧先生那兒一趟。」

江老太到底與他風風雨雨幾十年，轉念就明白了他的意思。

江雨橋有些疑惑。「爺奶是為了糧食的事去尋顧先生？」

老江頭關上鋪子門對她道：「給妳抬身價的事，讓林掌櫃做不合適，咱們又不認得別人，只能去求一求顧先生。」

江雨橋抿了抿唇，看著堅定的兩個人。「不若請顧先生來吃頓飯？」

老江頭笑道：「這倒是可行。妳在家準備著吧，我與妳奶去，順便把顧先生請來。」

聽到他們要出門，江雨橋也顧不得同賴富說什麼了，回頭看向賴富。「賴叔，那只能麻煩您陪我爺奶去一趟了。」

賴富拍著胸脯道：「妳放心，這兒離私塾本就不遠，我定把兩個老的安全護送到達。」

李大廚也道：「請顧先生來就得多做些菜，我給妳打個下手吧。」

江雨橋看著老江頭轉身出了鋪子，鼓了鼓嘴，乾脆拉著李大廚商議起菜式來。

顧潤元來得很快，江雨橋都還沒準備好席面，就聽到老江頭的吆喝聲。她放下手中的活兒出了後廚，一眼就看到儒雅的顧潤元。

她對著他深深行禮。「多謝顧先生。」

顧潤元莞爾一笑。「雨橋何必客氣，不過舉手之勞。」

江雨橋卻依舊堅持道：「我謝的是先生能第一時間想到我。」

顧潤元溫柔一笑。「這也是個契機罷了，不用放在心上。」

江雨橋聽他如此說，又對他行了一個禮才直起身子。「顧先生快些請坐，馬上就能吃飯了。」

顧潤元從善如流，與老江頭攜著手入了席，揚聲對她笑道：「這就是對我最好的謝禮了。」

江雨橋羞澀地笑了笑，正巧林景時也回來了，一進來看到顧潤元就瞇起眼睛。「顧先生今日有空過來了？」

顧潤元輕輕「嘖」了一聲。「林掌櫃倒是真不把自己當外人。」

林景時堆起一臉假笑。「畢竟顧先生是長輩，我們做小輩的總得敬著些。」

顧潤元微微吃驚。「林掌櫃倒是能屈能伸。」

江雨橋見二人莫名其妙的火花有些納悶，上前輕扯了下林景時的袖子。

林景時做出恍然大悟的神色。「顧先生是客，我來陪您喝一杯吧。」

江雨橋無語地看著他，一直跟在顧潤元身後的四喜探出頭來。「林掌櫃，咱們能吃飯了嗎？我餓了。」

林景時被他噎了一下，看了一眼顧潤元似笑非笑的眼神，回道：「我今日就做一回小二，給你們上菜。」

江雨橋眼睜睜看著他進了後廚，竟然真做起了傳菜的活計，心裡嘀咕半晌捉摸不透，索性不去想了，後面的菜還沒做完呢。

天快擦黑的時候，賴明與大夫終於帶著車隊回來了。

江家不敢耽擱，讓江陽樹與賴明兩個小的押著車直接去了城外。得到消息的劉知縣早就等在原地，被挑選出來人數最合適的村子的村長，激動地站在劉知縣身後，望眼欲穿地看著慢慢駛來的一行馬車。

江陽樹沈住氣，拉著賴明一同上前，對劉知縣行禮。

「小子江陽樹與兄長賴明拜見劉大人。因著家中經營吃食鋪子，囤了些許糧食，早前已經捐與粥檔，本想細水長流，今日猛然聽聞陛下下旨賑災，小子不才，也讀過幾本書，也知為國、為民、為君，特地前來把剩餘的糧食都獻出來。」

劉知縣捋著鬍鬚，聽著他一番話，自然是真情實意地勉勵一番，輪到了受捐助村子的村長上前。

江陽樹沒想到人的嘴竟然能說出這麼多好話來，翻來覆去地變著花樣，只看到他兩片嘴上下貼合，不一會兒工夫，江家簡直成了救苦救難的菩薩。

連一向沈穩的賴明都羞赧起來，一雙眼睛盯著那村長的嘴巴，若不是場合不對，恨不能跳起來捂住他的嘴，讓他趕緊別說了。

終於等到那村長的結束語。「……全村上下感念江家大恩……」

已經聽不下去的劉知縣忙出聲打斷。「如此，咱們開始吧。早一刻發下去，也能早一刻讓百姓們歸家。」

那村長抖了抖唇，對劉知縣一揖到底。「多謝知縣大人大恩。」

劉知縣生怕他打蛇隨棍上，再說起長篇大論來，大手一揮。「讓你們村子裡所有人排上隊，來領糧了。」

那村長一肚子話被憋住，張了張嘴，後知後覺地察覺到自己怕是惹了厭了，懊惱得直想跺腳，乖乖地讓出位置，窺著劉知縣的眼色，開始安排起來。

一些圍觀的村長互相撇撇嘴，怨不得人家村子能第一個領糧呢，他們可做不到人家這樣一張嘴翻出花兒來。

江陽樹與賴明看著所有的糧食登記造冊就告退了，劉知縣對著兩個小的笑了笑。

「江家在賑災中的善舉，全縣上下的百姓都看在眼中。」

言下之意兩個小的已經明白了，二人心中歡喜，對劉知縣行了個大禮，故作穩重地告辭，剛出了劉知縣的視線，就歡喜地跳起來。

第二十八章

老江頭在家中坐立難安，江雨橋給他倒了杯水，讓他坐在離鋪子口最近的地方，望眼欲穿地看著外頭。

江陽樹與賴明的身影一出現，老江頭就跳了起來，招呼兩個孫子。「快來！」

兩個小的聽到招呼聲一路小跑，一左一右撲進老江頭的懷抱。「爺爺！」

老江頭摟著兩人，心裡滿滿的，用力摸了摸他們的頭才問道：「如何了？」

江陽樹點點頭。「劉知縣說了那話，應當問題不大。」

老江頭這才放下心來。「那便好，這回可真得好好謝謝顧先生。」

林景時從身後探出頭來，把三人一起拉進鋪子裡。「咱們出了這麼大的風頭，最晚明日縣城中就要傳遍了，這幾日還是先別開鋪子，低調行事。」

江雨橋贊同地點點頭。「這些日子咱們提心吊膽的，如今可算是暫時告一段落了，剩下的事情殃及不到我們，我們也管不了。」

說完又把兩個小的拉出來。「這段日子你們怕是無心向學，鬆懈不少，既然不能出門，就隨著孫大哥讀書，把這些補回來。」

孫秀才配合地在一旁齜牙咧嘴，做出凶狠模樣。「你們兩個又要落在我手裡了。」江陽樹和賴明一點也不怕，齊齊笑了起來，逗得鋪子裡所有人哈哈大笑。

果不其然，第二日就有那「積極」的開始往城外送糧。劉知縣來者不拒，送來了就收下，一通好話一說就把他們送走了。

幾個人心裡惴惴的，昨日聽說江家的排場可不只這些，紛紛懊惱自己消息不靈通，沒搶上頭一個。

府城下來的糧食來得也飛快，事關辰妃，皇上特地下了聖旨，誰也不敢耽擱，不過五日，第一批糧食就到了縣城外。劉知縣一直提著的心終於鬆了下來，他不敢耽擱，帶著縣丞親自在門外接過糧食，當即就分發下去。

百姓們眼看著收了多少糧就發了多少糧，中間半點貓膩也沒有，不知誰帶的頭，一個接一個的跪倒在地，高呼：「皇上萬歲！娘娘千歲！」

這一幕很快被前來宣旨的太監記下來發回京中，皇上看到才鬆了口氣，對劉知縣呈上來的奏摺看了又看，對那占了小半篇的江家也順眼了許多，把奏摺一扔。「那商人倒是無利不起早。罷了，就當為愛妃積德吧，讓禮部看著隨便賞些什麼。」

既然皇上沒個準話，這中間可運作的就太多了。

江雨橋看到眼前金光燦燦的一塊牌匾，自己都驚住了。

老江頭顫抖地伸出手，輕輕撫摸著上面的「積善人家」這四個大字，眼淚止不住流下來。「這、這是給咱的？」

林景時上前攙扶住他，示意大夫過來給他把脈，安撫道：「日後小樹和小明科舉入朝也能方便一些。這匾額傳個幾代，怕是更值錢。」

「這哪兒是論錢算的！」老江頭罕見地駁了林景時一句，滿臉潮紅。「這是咱們家天大的喜事！回村，擺上三日流水席！」

江雨橋哭笑不得。「爺，如今城外糧食尚未分完，咱們擺流水席有些太扎眼了吧？不若去城外擺三日粥棚。」

老江頭愣了一下，反應過來，有些可惜地咂咂嘴，還是點點頭。「還是你們年輕人想得周到。就擺粥棚，連擺三日。」

他抹了一把殘留的淚，深深感嘆道：「咱們也是在皇上眼前露過臉的了，我作夢都不敢想。」

大夫眉頭微皺，哄著他道：「那江老丈可得好好照顧自個兒，日後小樹、小明成家立業，你帶著曾孫指著牌匾，給他們講這匾額是如何來的，豈不是美事一樁？」

老江頭想到那畫面就滿足地笑起來，大夫乘機勸道：「那便趕緊把今日的補身湯藥喝了，好好保重身子才是。」

想到要喝那苦咧咧的湯藥，老江頭噘了噘嘴，但為了方才大夫描述的畫面，他還是一咬牙。「成，我去煎藥。」

大夫彎起嘴角，扶著他往後院走去。「我這就回去配今日的藥。」

眼看著二人進了後院，江雨橋才憂心道：「爺的病……」

林景時搖搖頭。「無妨，若真有什麼，大夫會說的。今日應當只是江爺爺情緒有些翻湧，不是大事。」

江雨橋抿抿唇點點頭，深深地嘆一口氣，看了一眼那牌匾，笑了一下。「能讓爺高興一回，這牌匾倒也值了。」

林景時哭笑不得，伸手摸了摸她的頭。「這牌匾的作用可不只是讓江爺爺高興一回，妳且等著吧。」

江雨橋有些納悶，聽林景時的意思，怕是後面還有大喜事？

她想了一會兒，琢磨不出個頭緒，看著林景時故作高深的笑容，對他齜牙一笑。「那我便好好等著。」

林景時一愣，看她皺著鼻子的小壞樣失笑不已，壓下到嘴邊的話，覆在她髮上的手越發溫柔，聲音也越發低沈。「等著我。」

江雨橋被他身上的松柏香徐徐包圍，覺得自己暈頭轉向的，她撇開臉，小聲嘟囔道：「林、林掌櫃莫要這麼說話。」

林景時挑眉。「怎麼樣？」

江雨橋舔了舔唇，躲開他的手，話也不說，直接鑽到後廚。林景時的手懸在半空，瞇了瞇眼，溫柔地笑了出來，緩緩收回手，臉上的笑容卻越發深邃。

縣城外最後一批流民安穩地扛著分發到的糧食歸家的時候，劉知縣終於鬆了一口氣，下令打開城門與碼頭。一個多月的圍城突然解禁，讓縣城中的百姓爆發出歡呼來。

馬哥這幾十日沒有活計，坐吃山空，心中焦慮。碼頭開的第一日，天還未亮就去碼頭碰碰運氣，誰知大老遠就看到一艘三層高的大船，在稀薄的夜霧中緩緩朝縣城駛來。

他心裡歡喜，招呼著弟兄們早早在岸邊候著。

那船剛靠岸，就跳下來一個管事模樣的人，看著一碼頭的壯勞力，也鬆了口氣，環顧一圈，直奔馬哥而來。「這位就是碼頭上管事的吧？咱們家這東西可不少，件件金貴，讓手底下的弟兄們小心著些。」

馬哥有些意外他被認出來，可這送上門的買賣他又怎能拒絕？笑著搭話道：「這位爺，咱們都做了十來年，您只管放心，交給咱們定然做得穩穩妥妥的。不知爺要送到何處？」

那管事的笑著捋捋鬍子。「你可知這城中有個江家鋪子？前幾日剛得了陛下嘉獎的那家？」

馬哥神情一肅，再看他的眼神也帶上了幾分審視。「這些是要送到江家的？」

那管事點點頭。「正是。弟兄們快些，一定要小心，錢不是問題，這東西可萬萬不能摔了、碰了。」

馬哥收回目光，揚起笑來。「您放心，只是看著東西不少，約莫要多花些時辰，您可別急。」

那管事「嘖」了一下，卻也知道他說的是正理，只能催促一句。「儘量快些吧。」

馬哥把碼頭上的兄弟聚集起來，分成小隊，去船上三層搬運。那管事見他做事井井有條，也放下心來，趕忙跟上去看著。

馬哥這才叫了個十五、六歲的小子過來，悄聲對他道：「快去江家，把這事告訴雨橋。」

那小子也是個機靈的，圍著船繞了一圈，記下船的大小、模樣，以及那管事的樣貌，這才撒丫子往江家跑去。

江雨橋正在打算盤，思考何時重新開業才合適？既然林景時已經說了日後會留在縣城，那她還是按照之前的打算，在縣城好好發展才是。

冷不防門外被敲得震天響，賴明剛打開門，就見一個英壯的少年跑了進來，看到櫃檯後的江雨橋，眼前一亮。「江家小姐？」

江雨橋愣了一下才應道：「小哥是？」

那少年咧著一嘴白牙。「我是馬哥派來的，有一艘大船剛靠了岸，那管事的問妳家鋪子呢，看著是想上門的，馬哥不知道是好事還壞事，讓我先來透個風。」

江雨橋看著他灼灼的眼神，輕皺了一下眉頭。「我心中也沒什麼底……」沈吟一下對賴明道：「小明，去請林掌櫃過來。」

林景時正想過來說這件事，在門口聽到江雨橋的話，彎起唇角，邁步進來。「是好事，嗯……對我來說是好事。」

不知為何，江雨橋看到他唇角那一抹笑，突然明白過來，臉漲得通紅，瞪大眼睛道：「你……」

賴明到底年紀還小，有些迷糊，想要問，可看著二人間曖昧的氣息，竟然不敢去打擾。

江雨橋臉頰上的紅暈越來越深，看著他一雙俊朗的眸子裡說不完的情誼、訴不盡的纏綿，只覺得自己腿腳發軟，強撐著櫃檯才站直。

林景時上前兩步站在她面前，伸出手想要抱住她，礙於場合只能在半空中捏了下拳，悻悻地收回手。他掩唇低咳，幽深的目光就這麼看著江雨橋的髮。

來報信的少年瞠目結舌，看著兩人間彼此纏繞著的那似有若無的視線，吞了下口水，任瞎子也看得出二人的關係，可他想了想還在碼頭等消息的馬哥，硬著頭皮開了口。「那個……江家小姐、林掌櫃，碼頭那邊……」

林景時收回與江雨橋交織的目光，意味深長地看了他一眼，這一眼把少年看得打了個冷顫，吶吶地停下說了一半的話。

可這也足夠打斷江雨橋了，她拍了拍滾燙的臉，一時也不知道說什麼，就這麼低著頭沈默下來。

林景時心中微嘆，終於忍不住伸手摸了摸她的髮。「我去尋江爺爺。」

江雨橋從嗓子眼擠出一聲「嗯」，卻再也忍不住羞意，閃身躲到後廚。

林景時無奈地看了看自己停在半空的手，輕笑一聲，對賴明朗聲道：「小明，開了大門吧。」

來送信的少年從他的話中聽出這大船與他有關，憨憨地摸了摸腦袋。「那、那我先回去了。」

林景時從懷中掏出一塊銀子遞給他。「煩勞小哥跑一趟。」

少年滿臉赤紅，又不敢與林景時推脫，抿了抿唇，對他行了個粗糙的禮。「多謝林掌櫃。」

賴明已經從二人的隻言片語中猜測出那艘大船是來做什麼的，興奮得臉上壓不住笑，大聲應了一聲，用力把鋪子門開到最大，看著林景時的背影，自己「嘿嘿」笑了起來。

送信少年咧了咧嘴。這江家鋪子看來是遇到大喜事了，怎麼人人都神神叨叨的。他窺著林景時剛進了後院，來不及跟賴明說一聲，撒丫子就往碼頭跑去。

船上的東西已經卸下一半，馬哥面上不顯，心裡卻焦急起來，只能不斷提醒弟兄們小心輕放慢慢來。

那管事的心裡也著急，又怕催促他們，不小心給磕了、碰了，只能同馬哥一起站在船下，兩雙眼睛就這麼一起盯著在大船上做活的力工們。

少年「呼哧呼哧」地跑到馬哥身邊，輕輕拽了拽他的衣角，湊到他耳邊說了兩個字。「好事。」

馬哥心裡一塊石頭落了地，看著船上人的眼神陡地一變，一張被海風吹出深紋的臉上更是嚴肅，兩隻蒲扇般的大掌用力一拍。「都快著些！」

那管事目瞪口呆，看著船上如同螞蟻般緩慢的人群突然加起速來，一件一件，又快又好，方才磨蹭了許久才搬完一半，如今不過小半個時辰就把剩下的一半都搬完了。

他再沒與這些力工打過交道，也知道自己方才是被糊弄了。

馬哥腆著笑臉，對他拱手。「這位管事，咱們都搬下來了。」

管事臉色鐵青，又怕真的擾到船上的主子，狠狠瞪了他一眼，不與他糾纏，親自上了船去請自家主子。

不一會兒工夫，就見一行人擁簇著一人，從船上緩步而下。

馬哥只偷看了一眼，就被那人身邊的隨從盯住，他只覺得脖子一涼，心裡一慌，差點去了半條命。他心知這不是自己惹得起的人，趕忙低下頭不敢再看。

那管事的對馬哥心有芥蒂，鼻孔朝天地瞪著他，從喉嚨裡憋出一句。「多少銀子？」

馬哥有些詫異。「不需要幫您運過去？」

那管事的掀起嘴角，嗤笑一下。「誰知道你們要拖到何時？趕緊的，爺不跟你算方才的事了，收了銀子就滾。」

馬哥臉色微變，下一瞬又擠出笑來。「咱們縣城剛解封，弟兄們手腳還不麻利，耽擱了爺的事，這單咱們就照最低的價錢來收，您給二兩銀子就成。」

管事的從懷中摸出個銀錠子扔到地上，冷笑道：「爺不差你們這點銀子，滾開！」

馬哥臉色難看，俯下身撿起那銀錠子再抬頭，臉上又掛了笑。「多謝爺的賞賜。」

那管事的這才覺得出了心底的幾分惡氣，又覺得自己真是掉身價，跟一個碼頭力工糾纏個什麼勁？

管事的輕哼一聲，轉頭安排自己人把滿碼頭的東西裝在抬子上，兩人一抬，綁上大紅花，不一會兒工夫，一隊提親隊伍就出現了。

馬哥這才看出頭緒來，轉念一想，臉上的笑就壓不住了。他繞了兩圈，狠狠心上前搭話。「你們是去給江家提親的？」

那管事的懶得理他，只當他不存在，揮手讓後面的人跟上前頭的馬車。

馬哥不以為意，又笑道：「不知這位爺是為誰給江家提親的？這門面、這排場，看著可不是一般人家，定然是從府城來的吧？」

那管事的「嘖」了一聲，想著這事早晚要傳遍縣城，反駁道：「什麼府城？咱們看著是那等鄉下地方來的？咱們是從京城來的！」

「京城？」

馬哥哈哈笑了起來。「是林掌櫃家的？」

那管事心裡一驚，上下打量他，心中琢磨著他與林景時的關係，小心翼翼問道：「你與林少……掌櫃認識？」

馬哥一副哥倆好的樣子，拍拍他的肩膀。「咱們與林掌櫃可是老熟人，既然大哥是林掌櫃家中來提親的，那這錢我們可不能要。」

說罷不由分說地把那銀錠子塞回去，看了看他們的隊伍，又道：「你們遠道而來，帶的人也只夠抬這抬子，咱們這幾十個弟兄就跟在後頭，給你們壯壯聲勢如何？」

「啊？」

那管事的還未來得及說話，馬哥一招手，一群人擠上前搶過他們手中的鑼鼓。

馬哥道：「大哥的手下衣著整齊，就抬著在前頭走，咱們衣裳啥色都有，在後頭給你們敲鑼打鼓可好？」

管事的抿了抿唇，看了看他熱情的臉，猶豫了一下。「我去問問。」

馬哥不以為意，笑咪咪地等在原地，直到管事的過來點點頭。「咱們主子同意了，跟上吧。」

他歡喜道：「我們弟兄人多，這鑼鼓不夠，我已經派人去取了，咱們先走一步。」

那管事的只能從他手裡接過鑼，重重一敲。「起抬子咯！」

壓抑了幾十日的縣城，像是被這響徹雲霄的一鑼劃開了烏雲，百姓們紛紛走出家門，看著眼前這一抬抬讓人應接不暇的聘禮，以及後面幾十個壯漢敲著鑼、打著鼓，一邊走一邊大聲招呼——

「合裕繡莊林掌櫃前去求娶江家鋪子江小姐咯！」

林景時和江雨橋可是縣城中的名人，尤其是江雨橋，家中剛得了皇上的嘉獎，在這小小的縣城造成的轟動，怕是比換父母官還大。

他們忍不住走出家門，跟上求親的隊伍。

等到了江家鋪子門口，求親隊伍後面拖著人山人海的圍觀群眾，半個縣城的人都圍了過來，早就做好準備的老江頭被這突如其來的人群閃了一下，飛快躲進門，對鋪子裡眾人喊道：「不成，人太多了，咱們得拿個驕！不然就墮了咱們江家的面子，小樹和小明去門口候著，所有人都去後院。」

江陽樹和賴明領了任務，激動地整了整身上嶄新的衣裳，一左一右站在鋪子門口，宛如兩個粉妝玉琢的童子。

眼看著最前頭的馬車要抵達江家鋪子，林景時不知從何處出現，站在鋪子門口，靜靜地等著他們到來。

那馬車低調中透著奢華，江陽樹瞧著就那短短一小截車轅上，就雕了密密麻麻的童子圖，各個憨態可掬，一看就出自名家之手。

他的心怦怦跳，捏緊手心。

林景時已經迎上前，恭敬地掀開馬車的簾子，抿唇一笑，略帶感激道：「姑姑。」

一隻保養極好、細嫩蒼白的手從馬車中伸出來，搭在林景時伸出的骨節分明的手上，有一種耀眼的美。

賴明只一眼心就沸騰起來，來的人能讓林景時如此恭敬，定然在林家身分不凡，看來林景時是把他姊姊放在心上了。

林景時微微用力，那隻手的主人終於露出廬山真面目。

江陽樹的腿忍不住軟了一下，狠狠掐了自己一把才撐住站直，卻再也不敢抬頭看馬車上的人。

德妃看到林景時，有一種「吾家有兒初長成」的欣慰，順著他的力氣下了馬車，抬手輕輕撫著他的髮。「時兒，你長大了。」

林景時心中一酸，初曉德妃要親自來給他提親時的驚愕，如今都已經化為深深的孺慕之情。他緊緊攥住德妃的另一隻手，忍住眼中打轉的淚，低聲道：「姑姑可要先去歇歇？」

德妃臉上泛起一絲笑，唇角的梨渦若隱若現，浮現出幾絲少女的嬌嗔，橫了他一眼，學著他壓低聲音道：「你可等得了？」

林景時有些羞赧，掩唇輕咳一聲。

德妃朝他眨眨眼。「快些進去吧，我也去見見未來的姪媳婦兒。」

賴明機靈地要退進去，讓老江頭他們快些出來迎客，江陽樹與他對視一眼，互相點點頭，鼓足勇氣上前對德妃行禮。「夫人安好。」

德妃早就看到他們了，看見另一個對著她行了大禮後就退了下去，只等著這個上前，她溫柔地點點頭。「起來吧，倒是個知禮的孩子。多大了？」

江陽樹張了張嘴，努力穩住聲音。「回夫人，小子江陽樹，今年整十歲。」

德妃滿意地笑了笑。一個鄉下孩子，見到她竟還能如此不卑不亢，看來這江家倒也教得不錯。

身邊一直看著她的貼身太監適時遞上一個紅封，她親手拉過江陽樹的手，輕輕放在他手中。「好孩子。」

江陽樹只覺得掌心一沈，德妃已經把視線從他身上移開，看著匆匆趕來的老江頭一行人，抬頭對林景時一笑。「進去吧。」

林景時突然覺得有些緊張，暗自深吸一口氣，半彎著腰親自扶著德妃進了鋪子。

老江頭和江老太走在最前頭，冷不防與德妃打了個照面，不知為何腿腳一軟，直接跪倒在地。

德妃也愣了一下，笑著擺擺手，身後跟著的人忙上前扶兩個老的起來。

跟在後面的賴富差點把唇咬碎了才站穩，唯獨李牙有些迷糊，接過老江頭的手，低聲問道：「怎麼了，江爺爺？」

老江頭嘴唇哆嗦得說不出話來，李牙眼見這一屋子的人沒個能接話的，自己挺身而出。「這位嬸子裡面請。」

「大膽！」

德妃身後的貼身大太監一聽「嬸子」的稱呼，嚇得差點魂飛魄散，瞪著眼睛怒斥李牙。「跪下！」

李牙有些莫名，癟了癟唇，有些小抱怨。「嬸子家的下人好大的威風。」

那大太監驚愕地瞪大眼。多少年了，無人敢當著他的面說這種話，一時間竟然不知道該說什麼。

德妃見一向見人說人話、見鬼說鬼話，圓滑得像條泥鰍的大太監罕見地被堵住，掩唇笑出聲來，看著傻愣愣的李牙委屈的樣子，有幾分好笑。宮中可見不到這麼有趣的人兒，她示意大太監退下，問道：「你為何叫我嬸子？」

李牙摸了摸頭。「小明說嬸子是林掌櫃的姑姑，那可不就是咱們的嬸子嘛？難、難不成同林掌櫃一樣叫姑姑？」

他悄悄瞥了微微含笑的林景時一眼，嘟囔道：「如今咱家雨橋還沒嫁過去呢，這樣不好吧……」

林景時閉上眼睛，暗暗運氣。不能生氣、不能生氣……

卻沒想到德妃「噗哧」一聲笑出來，伸手招呼李牙。「孩子，你過來。」

李牙一點也不覺得怕，反而覺得這個「嬸子」很和藹，他上前像模像樣地對德妃行禮。「嬸子好。」

德妃見他一口一句「嬸子」，叫得頗為有趣，忍不住逗他道：「你喚我嬸子，難不成我看著已經上了年紀？」

李牙一下子呆住，打量了德妃兩眼，嘬了嘬嘴，又咂吧兩下，看得德妃身後的大太監心裡恨恨的，恨不能上前把他腦袋給砍了。

終於他低下了頭，誠懇地道：「嬸子看著也就比林掌櫃大個兩、三歲，可……可不管怎麼樣，輩分在那兒呢。」

德妃伸手虛點了他幾下。「這孩子嘴巴倒是討巧。」

李牙與德妃這麼一來一回的，老江頭和江老太也漸漸緩了下來，見德妃雖然似個大人物，卻如此平易近人，鼓起勇氣招呼道：「您裡邊請。」

德妃見他們終於能接上話了，接過一個紅封遞給李牙，對老江頭和煦一笑。「江老丈客氣了，今日我是上門求娶您家孫女兒的，自然您是主，我是副。」

跟在身後的江雨橋滿臉通紅。她對德妃的印象是雷厲風行的掌權人，萬萬沒想到她竟然如此和藹。

德妃隨著老江頭走了幾步，笑著拉起江雨橋的手。「這便是江姑娘吧？果真如花兒一般。」

江雨橋只覺得自己渾身僵硬，心都快要跳出嗓子眼，掌心霎時蒙上一層汗，面上卻羞澀地笑道：「夫人安好。」

德妃自然察覺到她掌心的異樣，知道她心底並不如面上這般沈靜，對她更添了一分滿意，笑道：「好、好。」

江老太見她對江雨橋十分滿意的模樣，徹底放下心來，深吸一口氣，也敢上前說話了。「夫人請後頭坐。」

德妃從善如流，小小的廳房一下子擠滿了人。老江頭與德妃並排坐在主位上，幾次腿軟差點滑下椅子，多虧了李牙在他身後穩住他，才沒失了禮。

大太監送上一冊鑲金帶寶的冊子後便恭敬地退下。

德妃笑著對老江頭道：「早就聽聞江家有好女，咱家這不成器的小子心生仰慕，特地求了我前來替他求娶，不知您老意下如何？」

說到正事，老江頭也顧不上膽怯了，他坐直身子，雖說不敢直視德妃，一雙眼盯著桌上的茶杯，道：「咱家沒什麼意見，只、只是林掌櫃說成親後會留在縣城，這事可是真的？」

德妃眉頭微皺，意味深長地看了林景時一眼，嘴角的笑意也淡了幾分，卻還是點頭道：「此事他與我說起過，若是家中無大事，只憑他心中高興。可日後萬一有事，那他總是要擔負起家族的責任來。」

老江頭絲毫不知自己被繞進去了，一聽到「憑他心中高興」這幾個字就咧開嘴，心放下大半，回頭與身後的江老太交換個滿意的眼神，笑著應下。「如此便好，那這門親事咱們同意了。」

德妃也揚起笑臉，將方才大太監遞過來的冊子放在手中。「這是這回提親的聘禮。」

接著又從袖中拿出一張庚帖。「這是景時的庚帖與家中祖上三輩之名諱。」這些東西齊齊遞到老江頭手中。「還請江老丈收好，三日內無事，咱們這婚事就算是徹底定下了。」

老江頭早就準備好了，笑著從李牙手中也接過一沓紙來。「這是雨橋的庚帖，還有咱們祖上三輩的名諱，您也收好。」

德妃接過來，小心翼翼地放入袖中，看得老江頭也心中滿意。雖說人家是大戶人家，可也真真正正把他們雨橋放在心上的。

如此皆大歡喜，庚帖一換，這三日就算有什麼意外，林景時也能確保它什麼都不會發生。

德妃謝絕了江家留飯的邀請，帶著人回了繡莊。

賴富與李大廚在外頭指揮著京中來人把聘禮抬進鋪子中，忙得熱火朝天的，老江頭想到自家孫女就嫁到隔壁，喜孜孜地打開庚帖，招呼賴明。「小明，來讀一讀林掌櫃的庚帖。」

賴明乖巧地上前，打開庚帖看了一眼就「噌」地一下合上，看見老江頭疑惑的目光，舔了下唇又慢慢打開，看到那一行字才知道方才不是自己的幻覺，他差點叫出聲來，聲音已經在喉頭，卻一下子想到外面全是京城來的人，咬著舌頭壓了下去。

他顫抖著聲音對老江頭道：「父，林……林如松，時任……兵部，兵部尚書！」

老江頭猛抽一口氣，只覺得頭重腳輕，差點大頭朝下栽到地上，幸好賴明機靈地扶了他一把。

江老太渾身發抖，捏著江雨橋的手，聲音都變了。「雨橋，他……林掌櫃他爹……是兵部尚書?!」

江雨橋抿抿唇點頭，表示自己早就知曉了。

老江頭見孫女是知道的，才鬆了半口氣，突然又提起來。「那他姑姑豈不是兵部尚書的妹妹?!怪不得……怪不得那等氣派，我竟然看都不敢看一眼。」

江雨橋輕嘆一口氣。「方才那位夫人正是林尚書的妹妹，也是當今……德妃娘娘。」

「咚」的一聲響，老江頭已經沒了聲響，賴明被他帶得一起倒在地上。江雨橋大驚，上前用力掐著他的人中，心中懊惱不已。就是怕這樣才沒有明說，如今著實瞞不住了，到底還是嚇到了老江頭。

眼看人中都要掐紫了，江雨橋急得眼淚都要流下來，推了賴明一把。「快去尋大夫來！」

悠悠轉醒的老江頭下意識拉住正要起身的賴明，沙啞道：「別、別去，咱們……不能這個時候……丟了……臉面。」

江雨橋咬緊唇，對賴明道：「你出去喚李牙哥過來。」

李牙臉上掛著歡喜的笑容，一進來看到老江頭躺在地上，嚇了一跳，三兩步跑上來，努力壓低聲音。「江爺爺怎麼了?!」

江雨橋見他進來，小心翼翼地把老江頭放平，指揮著李牙輕手輕腳地把老江頭抱在炕上，餵了他一杯溫水，見他臉色緩和過來，心底才暗自鬆了口氣，給李牙使了個眼色，上前握住老江頭的手。

「爺，李牙哥在裡頭陪您說說外頭的事，我去外頭接著看看。」

這倒正合了老江頭的心意，他努努嘴，示意江雨橋去忙，轉過頭拉著李牙的手，殷切問道：「外……外頭人……態度……如何？」

李牙對哄老人這種事可是手到擒來，白牙一露，回握住他的手。「他們態度敢不好？我一根手指頭都能碾死三個。江爺爺您放心，有我呢，要是有鬧事的，我直接提了脖子從牆根扔過去，讓林掌櫃開開眼兒。」

老江頭哭笑不得，用力拍了他的胖手一下。「胡說八道！」

李牙癟癟嘴，繼續道：「那些人都挺好的，除了嬸子身邊那麼一、兩個人對我沒個好臉色，其他人對我也沒瞧不起，看起來是打心底對咱們家恭恭敬敬的。」

老江頭被他一句「嬸子」叫得一哆嗦，又用力拍了下他的手。「別亂叫！」

李牙連續挨了兩句責備，鼓著嘴，看到老江頭瞪著眼睛的樣子，還是乖巧地點點頭。「我曉得了。」

老江頭見他這樣子也氣不起來，知道李牙這孩子對人心有一種天生的直覺，既然他說京城來人是真心對江家恭敬，一顆心也漸漸放了下來。

這一放下他就有些睏，眯起眼睛對李牙道：「你出去忙吧，爺爺先睡會兒。」

李牙一梗脖子。「雨橋讓我看著您，江爺爺就睡吧，我在您身邊坐著就成。」

老江頭沒力氣與他鬥嘴，輕輕嘆口氣，閉上眼睛睡了過去。

江雨橋帶著大夫過來時，老江頭已經陷入沈睡。大夫給他把了脈點點頭，壓低聲音道：「無什麼大事，一時激著了，睡醒了吃一服藥安安神即可。」

江家所有人這才放下心來。

江雨橋送他出門之際，大夫欲言又止，終於一跺腳，問道：「雨橋，妳可知掌櫃的為了留在縣城付出了多少？」

江雨橋垂下眼眸，久久未言。

大夫有些著急，看了看左右，見院中並無其他人，才對她道：「掌櫃的放棄的是位極人臣的機會！」

他心中盤算過江雨橋聽到這句話的反應，或許吃驚，或許膽怯，卻沒想到她竟然猛地抬眼直視他，唇角泛起一絲意味不明的笑意。「這是德妃娘娘讓你說的？」

大夫心中不知為何突然驚慌，掩飾般笑了笑。「哪裡是娘娘的意思？娘娘最疼主子了。」

到底也沒說是誰的意思。

江雨橋唇角笑意更深，恍然間大夫彷彿看到了林景時，他直覺今日自己提這話是個錯誤。

他脖頸後面一涼，胡亂對著她拱手，就想要轉身告退。

江雨橋卻不容他走脫，冷笑一聲。「不管是誰讓你來的，我只與你說一句，我從未對林掌櫃要求過什麼，然而他自己作的決定，我也不會因著所謂的『為你好』這種理由，去勸他改變自己的想法。今日我應下了他的求親，那便與他日後一心，同進同退！」

大夫被她這番話堵得瞠目結舌，說不出話來，抬手想抹額頭的冷汗，卻突然僵在原地，抖得如同篩糠，膝蓋一軟，趴在地上瑟瑟發抖。

江雨橋察覺不對，剛要回頭，身子已經陷入一個溫暖的懷抱。

她微微一僵，聽著身後那熟悉的心跳，不由放軟身子，任由自己跌入林景時的懷中。

林景時感覺到她的柔軟，滿足地輕嘆一口氣。

大夫已經汗如雨下，不敢抬頭，被這沈默壓得恨不能鑽到地縫裡去才好。

林景時伸手握住江雨橋蜷在身前纖細的手，入手一片冰涼，彰顯了主人的心情並不如她表面那般平靜。

他心中怒火驟起，輕哼一聲。「影子。」

一道人影悄無聲息地在他身後出現。「主子。」

這是江雨橋第一次親眼看到影子的存在，她不由繃起身子，林景時察覺到她的不安，環住她的手越發輕柔，聲音卻冰冷刺骨。「把他帶走。」

影子低應一聲，輕鬆提起癱軟在地的大夫，兩下跳上院牆，消失在牆後。

江雨橋一言不發，林景時也不知該說什麼。方才那番話說到他心底最深處，從未有過那種感覺，被人全身心地信賴著、尊重著。

他的手越來越用力，像是要把江雨橋揉入自己的骨血中，直到江雨橋受不住，輕輕痛呼一聲，他才如夢初醒鬆開手。

看著江雨橋酡紅的俏臉，他輕嘆一口氣，清冽的聲音染上幾分不易察覺的纏綿。「雨橋，等我。」

這已經不是他第一次說等他了，可是每一次，江雨橋都知曉他話中的不同。

再等，就是成親了……

她忍住心中的羞澀，罕見地主動伸出手，細白的手指勾住他修長的指節，軟惜嬌羞卻又倔強堅定。「我等你。」

林景時的心霎時被她短短三個字浸了個透，想到德妃還在隔壁等他，嘆了口氣。

「真想明日就把妳娶回家。」

江雨橋瞋了他一眼，不去看他可憐巴巴的神情，轉身去給老江頭煎藥。被甩在身後的林景時，定定地看著她忙進忙出的身影片刻，才搖搖頭，走出後院。

江雨橋用眼角餘光窺著他的身影消失在簾子後，才坐直身子，看著那簾子一晃一晃，一下下有節奏地搧著眼前的小藥爐，想著不知林景時走的時候在想什麼？

驀地，那微微晃動的門簾被掀開，林景時那張俊雅逼人的臉浮現在簾子後，眉目間閃爍著攝人的光芒，似乎想要把她吞噬入腹。

江雨橋心裡一驚，卻也躲不開他的眼神，就這麼癡癡地與他凝望。

林景時微微勾起唇角，江雨橋的心不受控制地亂跳，她下意識用手撫住胸口，直到林景時再次消失在簾子後，都沒回過神來。

李牙出來想要做些吃的，看到江雨橋僵坐在那兒，不知在出什麼神，湊上前問道：「雨橋？」

江雨橋一個激靈回過神，吞了下口水，看了一眼李牙，一拍腦袋。「哎呀，我的藥！」

第二十九章

三日一晃而過，江家自從知道了德妃的身分，有些茫然，根本不知道該如何做，索性沈寂下來，原本打算開的鋪子也不開了，只等著這三日過了以後看林家的說法。

全家上下瀰漫著緊張的氛圍，唯有江雨橋該做什麼做什麼，一頭扎進後廚，與李牙研究起開鋪子要賣什麼。

連李牙這個全家最遲鈍的人都看不過去，趁江雨橋洗手時蹭到她面前。「雨橋啊，妳就不操心嗎？」

江雨橋用乾淨的棉布擦乾手，氣定神閒道：「有什麼好操心的？」

李牙咧了咧嘴，他還真不知道如何同姑娘家說這個。悻悻地低下頭，沒了聲響。

躲在簾子後頭的賴明和江陽樹對視一眼，看見李牙一句話就鎩羽而歸，機智地躲開馬上要出來的江雨橋，裝作一副忙碌的樣子，把那亮得能照出人影的桌子擦了一遍又一遍。

江雨橋出來就看出他們在裝忙，也不戳穿他們，端著一小盆剛做的蟹黃豆腐羹去了後院。

江陽樹被空氣中的鮮香味兒勾得有些失神，正要抬腳跟上，只聽見門外傳來緩慢的敲門聲，以及異於平常的安靜。

他眉頭微皺，上前打開門，敲門的正是那大太監。

江陽樹已經知曉他的身分，卻依然不卑不亢地行禮。

那大太監不待他說話就讓出身子來，露出身後裝扮得美得不似真人的德妃。

江陽樹一時犯了難，不知該如何稱呼，下一瞬就下定決心，跪下行了個大禮。「娘娘金安。」

德妃心知他是點明江家已經知曉她的身分，笑著看了低著頭的林景時一眼，親自上前扶起江陽樹。「景時倒是瞞不住事。」

林景時只當沒聽見，上前扶住她的胳膊，得到消息出來的江家人大氣都不敢出。

德妃無奈地嘆了口氣。「今日我們不論身分，只論親事。這三日咱們兩家都家宅安寧，不若給兩個孩子早早定下這樁親事？」

老江頭知道眼前是如今宮中最受寵的妃子，哪裡還說得出話來？為了孫女，他狠狠掐了自己一把，痛得兩眼含淚，才用力挺直腰板。「您說得是，兩個孩子也算是那個……情投意合，咱們就這麼定了吧。」

德妃開心地拊掌，顯出幾分少女的嬌態。「這可真是太好了，時兒是我最疼愛的姪兒，如今看到他也要成家立業，也算是了了我一樁心事。」

她伸出塗了蔻丹的手，拉起江雨橋綿軟的手，輕輕拍了兩下。「換了婚書，雨橋這個姪兒媳婦我就認下了，日後時兒就要多拜託妳了。」

江雨橋含羞帶怯地咬了咬唇，德妃被她這羞澀的樣子逗笑了，接著道：「我這次來雖說主要是為了你們的婚事，還有些雜事要做，明日起我便不能常來看妳了。」

江雨橋心裡一咯噔，乖巧地點頭。「您的事自然是大事。」

德妃面上浮出一絲不以為然的笑容。「不是什麼大事，只是我懶得提罷了，明日妳就曉得了。」說罷拉著她又說了好一會兒話才離開江家。

江雨橋心中惴惴。她心知德妃親自來這個小縣城，自然不只為了她與林景時的親事，卻想不透還有什麼事值得尊貴如德妃要特地跑一趟？

林景時不知為何這幾日也十分忙碌，她也不去打擾他，只覺得明日要發生的事情一定不簡單。

天色還未亮，江雨橋躺在炕上緊皺著眉頭，似是被噩夢糾纏。她左右微微晃動著身子，像要掙脫什麼一般，額頭沁出汗來，腳一蹬終於清醒過來。

江雨橋愣愣地看著房梁，卻怎麼也想不起方才自己作了什麼夢，只能深吸一口氣，扭頭看了看窗外擦黑的天色，緩緩閉上眼睛，準備再休息一會兒。

就在這時，只聽到外面大街上突然傳來敲鑼聲，她一個沒防備，被這聲音擾得心驚肉跳，趕緊爬起身打算去看看老江頭有沒有被驚到。

她剛穿好衣裳，就聽見賴明在外面焦急地叫道：「姊姊，德妃娘娘她……要去拜祭辰妃！」

江雨橋手中的炕被滑落在地，回身一把拉開門，不敢置信地看著門外衣著凌亂的賴明。「什麼?!」

賴明伸手往外一指。「如今已經出發了，方才那是開路的鑼聲。」

江雨橋有些發愣，喃喃道：「這……」

江陽樹也從前頭鋪子跑過來，看到江雨橋站在門口，眼睛一亮。「姊姊，林掌櫃派人來說讓咱們莫要出門。」

江雨橋下意識回頭看了一眼主屋，聽著裡面「窸窸窣窣」的聲音，知曉老江頭與江老太也醒了，一咬舌尖，恢復了幾分清明，果斷安排道：「小樹去看爺奶，小明跟我去前面瞧瞧。」

林景時派來的人正是影子，江雨橋只與他打過一次照面，並不十分熟悉，影子看到她的身影，一拱手。「夫人。」

江雨橋被他一聲「夫人」叫得差點沒滑倒，但如今卻不是糾纏這個的時候，追問道：「聽說德妃娘娘要去拜祭？」

影子頓了一下才點頭。「正是。主子讓我告訴夫人，此乃陛下之意，娘娘不過順勢而為。」

江雨橋剩下的話被憋住，好半晌才道：「雖說如此……未免有幾分屈辱。」

影子依然面無表情。「主子說夫人定然也會這麼覺得，只讓屬下轉告夫人一句話，能讓陛下心中愧疚，娘娘此行利大於弊。」

江雨橋張了張嘴，到底沒說什麼，只嘆了口氣。「罷了，朝堂之事我並不懂，不過信口開河而已。」

賴明聽著二人的對話心驚肉跳，寥寥幾句中蘊含的深意，可不是一般人能聽的。他低下頭不敢再看影子，生怕給江雨橋惹出什麼麻煩。

誰料影子並未把他排除在外，反而專門點了他的名字。「主子說賴少爺若是有意，可以去顧先生那兒，他自然會給你解惑。」

賴明的心跳漏了一拍，看著影子無波的眼睛，下定決心般點頭。「我去。」

影子露出幾分讚許的眼神，對江雨橋拱手，提起賴明就出了鋪子，眨眼間二人就不見了身影。

江雨橋晃了晃腦袋，影子的到來彷彿一場夢，甚至他的五官都模糊得讓人回憶不起，若不是賴明真的跟他走了，江雨橋一定以為方才的噩夢還沒醒。

她深深地嘆口氣。德妃能忍得下今日的恥辱，日後定然會加倍報復辰妃一派，此事對她也算有好處，畢竟許遠……很有可能尚未身死。

江雨橋收起滿腹心思，打算去後面看看老江頭，卻突然感到身後一股寒意襲來，她下意識蹲下身子，只聽到一聲陰鷙的笑聲，恍若從地獄中傳出的冰冷聲音，在她頭頂響起。

「雨橋，妳還是這麼可愛。」

江雨橋的臉色「唰」地一下變得蒼白，全身如同凍住一般。這個聲音她到死也不會忘記，她眼睛微眯，不知哪來的力氣，頭也不回的往後院跑。

剛跑出兩步，腰間就被一隻冰涼白皙的手攬住，一張蒼白的臉從她腦後探過，貼在她的臉上，彎起唇角在她耳邊輕語。「想我了？」

江雨橋額頭的汗都凝住了，她渾身微微發抖，僵硬的脖子不敢動，腰後那柄刀已經刺進她的肌膚，她察覺到溫熱的血慢慢溢了出來，浸濕身上的衣裙。

她閉上眼睛，不停告訴自己要冷靜下來，等林景時回來後就能救她出來。

許遠像是猜到她在想什麼一般，輕聲嗤笑。「我守了這麼久，終於等到那礙眼的林景時不在……哦，那個影子快回來了，乖姑娘，咱們得走了。」

江雨橋大驚，察覺到身後的血已經浸透了衣裙，正要開口呼救，許遠一個手刀下去，她身子一軟，癱在他懷中。

許遠看著懷中那張瑩白的小臉，小心翼翼地面對面，把臉貼了上去，滿足地輕嘆一口氣。「妳還是這個時候乖。」

這時一個人影閃出，有些焦急道：「少爺，那影子要回來了，奴才只比他快了半刻鐘。」

許遠緊緊抱住懷中的江雨橋，冷笑一聲。「走。」

來去無聲，整個鋪子又恢復了一片寧靜。

影子隱入繡莊，窺探了江家鋪子一番，聽著老江頭房中傳來說笑聲，李牙還打著震天響的呼嚕，心中安定下來，一躍上房簷，安靜地守護著小小的江家院子。

但很快地，他就察覺到不對，連江老太都裡裡外外出來了好幾次，江雨橋竟然一直沒有出現過。他心中暗道不好，小心翼翼地拆下一塊瓦片往下望去，看到江陽樹笑嘻嘻地陪著躺在炕上的老江頭說話，哪裡見到江雨橋的身影？

影子瞪大眼睛，挨個屋子看了一遍，才確定江雨橋不在鋪子裡！

他想到臨走前的叮囑，江雨橋定然不會對林景時的話置若罔聞，那麼她很有可能是被人劫持了。

影子心中越想越驚，跳到大門把鋪子門從外面封住，匆忙去尋林景時。

此刻林景時正陪在德妃身邊，看著她對辰妃的衣冠塚上了三炷香，哪怕是知道此事好處極多，但心底依然情緒翻湧。

一聲微弱的哨聲傳入他耳中，他猛地清醒過來，看著站在辰妃墓前不知在想什麼的德妃，上前輕聲道：「姑姑，影子尋我。」

德妃微微頷首。「去吧。」

林景時拱手。「是。」

影子在百尺外的樹上焦急地看著二人的互動，見林景時終於邁步朝這裡走來，急忙現身迎上去，有些難堪道：「主子，夫人不見了。」

林景時瞳孔微瞠，下一瞬瞇起眼睛，死死盯住他。「什麼時候？」

影子垂下頭，心中的懊惱與羞恥藏不住。「是屬下送賴少爺去顧先生那兒的時候，往來不過小半個時辰，前後看守的人都沒看到有人出來……」

林景時捏緊手心，回頭看了一眼依然站在原地的德妃，眼眸中泛起幾絲血紅，努力壓低聲音。「派人去尋！」

影子心知自己犯了大錯，暗下決心一定要把江雨橋尋回來。他單膝跪地，對著林景時行禮，站起身子一躍而去。

林景時雙手握拳，腦海中迅速運轉著。

雖說影子離開了一陣，但他也派人一前一後看住江家鋪子，擄走江雨橋的人有心計、有膽量、有耐心，還有門路知曉今日德妃要來拜祭辰妃，又能悄無聲息地把人帶走，定然是極為熟悉縣城環境的人。

那麼符合這些條件的只有……

「許遠！」

林景時從唇間擠出這兩個字，深邃的面容越發陰沈。他閉上眼睛深吸一口氣，強迫自己不能失了心智。

此時的江雨橋依然雙目緊閉，無聲無息地躺在熱烘烘的炕上。許遠眼中繾綣萬千，骨節分明的手指在她臉上輕輕滑過，描繪著她的五官，回憶著與自己心中的江雨橋是否有所不同？

江雨橋只覺得臉上發癢，下意識揮了揮手，卻被一隻手捉住。她掙脫兩下沒有掙開，又長又翹的睫毛微微顫動，睜開了眼。
看到許遠的一瞬間，她有些迷糊，下一刻就反應過來，臉色瞬間慘白，想要推開他，卻發現自己一丁點力氣都沒有。
她努力吐出幾個字。「你……想……做什麼？」
許遠眉頭微蹙，上挑的鳳眼顯出幾分無辜，語帶撒嬌。「雨橋，我想做什麼妳竟不知道？」
江雨橋魂驚膽顫，這樣的許遠比上輩子狠戾的他更讓她心驚。
許遠見她白著臉不說話，也不逼她，握住她的手，一根一根扳開她蔥段般的指，輕輕按摩著，心疼道：「妳躺了許久，指尖都發白了。」
江雨橋下意識地縮回手，卻只離他的指尖寸許。她努力穩住心神，開口問道：「這是何處？」
許遠聽著她沙啞的聲音，一挑眉，伸手從炕邊的櫃子上拿起一杯溫水，遞到她嘴邊要餵她。「妳認不出來？」
江雨橋想要拒絕，可喉嚨卻如同著火一般，讓她的視線忍不住聚在那杯水上。許遠輕笑一聲，突然伸出一隻手掐住她的脖頸，迫使她張開嘴，把水悉數灌了進去。
江雨橋被嗆得連連咳嗽，臉上咳出了血色，許遠拍打著她的臉頰，滿意道：「紅潤潤的可愛許多。」

江雨橋咳得撕心裂肺，用盡力氣甩了甩頭，許遠把她輕柔地摟在懷中，一下下拍著她的背，給她順氣。

等她漸漸止了咳，他才湊在她耳邊，輕道：「不認得了？這是咱們買的小院呢。」

咱們？

江雨橋茫然地抬頭環顧一下屋子，恍惚間覺得有些熟悉，驚愕道：「這、這是我買的小院！」

許遠不贊同地搖搖頭，伸手拍了拍她的臉。「是我們買的小院。」

江雨橋渾身冰涼，不敢同他再起爭執，生怕激怒這個陰晴不定的男人，閉上嘴沈默下來。

許遠卻捏住她精緻的下巴，強迫她看著自己。「那個姓張的自己都不曉得，這小院是我的。」

看到江雨橋眼中流露出的惶恐，他咧開嘴，笑得像個孩子般，對她炫耀道：「妳是不是很喜歡？雨橋，只有我才懂妳，妳想要什麼樣的東西，我都用雙手捧在妳面前。」

江雨橋被他的話說得汗毛直豎。這個曾經給她無數底氣與溫暖的小院，此時卻如同吞人的妖魔般，讓她想要逃離。

許遠才不會容忍她的沈默，手上更用了幾分力，江雨橋吃痛地微微皺眉，他才鬆開手，摩挲著她下巴上那道明顯的指痕，聲音陰森冰冷。「這幾日妳就躺在這兒好好歇歇，過陣子我就帶妳走。」

江雨橋嘗試著動了動腿，發現自己渾身綿軟，尚不如一個嬰兒有力氣，她閉上眼睛放棄掙扎，放軟身子，陷入自己的思緒，盤算著如何脫身，或者說如何能同家人聯繫？

許遠的手像是黏在她的臉上，不捨得離開，感受著指尖那嫩滑的觸感，突然低笑出聲。「等這事了了，咱們找個無人認識的地方，就只有我們兩個，妳給我多生幾個孩子，可好？」

江雨橋呼吸一窒，心都要從嗓子眼跳出來了。她渾身微顫，閉緊雙眼，無聲地反抗著許遠。

許遠「嘖」了一聲。「倔脾氣，若我不給妳下點藥，怕是妳能鬧翻了天。」

江雨橋只當沒聽見，閉著眼睛不去看他，許遠臉色一沈，正要伸手掐住她的脖子，突然有人掀了簾子進來。

許遠收回手，神色不豫地看著來人。「許成，你的膽子倒是越來越大了。」

許成神色有些慌張，多年伺候人的太監生涯，讓他的膝蓋早就沒了骨頭，趴跪在地上對許遠道：「少爺，封城了！」

許遠嗤笑一聲。「林景時倒是真豁得出去，這剛解禁沒幾日的縣城重封。可惜啊，辰妃娘娘的事是皇上惦記在心頭的，到時候看他如何同皇上交代。」

許成一腦門子的汗，抹也不敢抹，吞吞吐吐道：「說是……說是德妃娘娘遇刺了……」

「什麼?!」

許遠一甩袖子站了起來，看了一眼依然恍若沈睡的江雨橋，瞇起鳳眼，聲音陰鬱得能結成冰。「雨橋，妳倒是好大的面子。」

江雨橋捏緊手心，她萬沒想到林景時與德妃為了她能做到這個地步，心中五味雜陳，感動、擔憂、心慌交織在一起，說不出什麼滋味。

許遠沈著臉匆匆出去，整個屋子的門窗都用厚厚的簾子遮住，江雨橋不知如今是日是夜，到底被他擄來了多久？

許遠一直沒有出現，她屏住呼吸仔細聽著外面的聲音，期望能聽到些許消息，可卻是徒勞，小院中安靜得不像有第二個人存在，讓江雨橋有幾分挫敗。

就這麼日日夜夜、昏昏沈沈，許遠像是故意讓她摸不清時辰，有時候剛吃完飯沒多久就過來給她餵第二頓，有時候她餓到極致卻仍不來。

江雨橋只能靠著每日許成來給她餵藥的時辰，推算著約莫過了三日。她越發著急，這三日她如廁都是許成把她扶到恭桶上，哪怕已經知道許成是個太監，她還是受不了，一定要他轉過頭才成。

許成倒也不與她糾纏，當真轉過頭不去看她，可下一刻江雨橋剛升起的希望就破滅了，許成竟然拿來一根棍子，在那骯髒物裡查找一番，才面不改色地提了出去。

江雨橋羞得滿臉通紅，卻也只能死了心，這與外頭唯一的聯繫被看守得死死的，她不禁有些後悔，早知如此，當日就與小院的鄰里們打好關係，但凡有人能來敲敲門，她就有一絲希望。

許遠來的時辰越來越少，甚至已經有兩個餵藥的間隙未露面，江雨橋推測林景時定然搜查得十分嚴格，讓他不敢輕舉妄動。

她每日清醒的時候也越來越少，這藥雖說不傷人，但許遠如今身邊人手捉襟見肘，許成勢必不能十二個時辰來看管她，只能給她下重藥，讓她昏迷。

江雨橋深知不能坐以待斃，可整個屋子都被許成清得乾乾淨淨，除了炕就是一個恭桶，連那炕櫃都被搬走了。

萬幸的是這恭桶是小院本就有的，她再熟悉不過，那固定提恭桶鐵環的鐵片，當初被頑皮的江陽樹出恭無聊之時活生生給摳了出來，後來被江老太塞了回去，卻總不如原本牢固。

她每日藉著出恭的時候，用微弱的力道一下下摳著恭桶上的鐵片。這一日，江雨橋又要出恭，許成照例把她扶到恭桶上，然後轉過身。

江雨橋使盡最後一絲力氣，終於把那鐵環摳了下來，她心下一鬆，狠了狠心撲倒在地。

恭桶應聲而倒，許成心裡一驚，先屏住呼吸聽了聽外頭的動靜，見並無異樣，這才轉過頭來，看到癱軟在地的江雨橋，以及滾落到牆角的恭桶，皺著眉扶起她，把她攙到炕上道：「幸而是乾淨的。」

江雨橋臉色蒼白，胸口急促地起伏，許成抿了抿唇又檢查了一番，見恭桶乾乾淨淨、完好無損，索性道：「我看妳暫時沒什麼力氣，我先把它拿出去了。」

江雨橋依舊沒有回應，許成提著恭桶掀開簾子，壓根兒不知曉江雨橋心中的顧慮，直到江雨橋聽到他回來的聲音才鬆了口氣。

看來那鐵環沒掉！

許成看了看時辰，又給江雨橋餵了藥，輕手輕腳給她蓋好了被子，這才轉身離去。

藥效發作，江雨橋眼前天旋地轉，在陷入昏迷前，她掙扎著用那尖銳的鐵片扎進大腿。

一陣刺痛襲來，她清醒幾分，感受著大腿上似乎出了血，深吸幾口氣，藉著這幾分清明，用力往自己腰上尚未完全癒合的傷口扎去。

不一會兒工夫，江雨橋就感覺到腰腹部黏糊糊的，涓涓的血流出來，人也漸漸清醒過來。她掙扎著坐起身子，爬到炕邊的窗戶，用力掀開厚簾子的一個角落，小心地往外張望著。

許成早就離開了，小院如同他們還在的時候一樣，一切都在原位，甚至連臨走時沒來得及拔走的蔥，都已經長成了粗壯的大蔥。

江雨橋眼底濕潤，不知自己失蹤這些日子，家人要擔心成什麼樣子？尤其是老江頭，原本就有心疾……

她甩了甩頭，如今不是想這些的時候。

她舉起鐵片劃破窗紙，一股涼風湧了進來，江雨橋貪婪地大口大口呼吸，終於有了活過來的感覺。

這個小院的一切都是她佈置的，沒有人比她更了解這個院子。她心知這院子定然是被反鎖的，以她如今的體力，四周的院牆定然也爬不上去。

她又用鐵片刺了自己的傷口一下，讓自己保持清醒，蹣跚地爬下炕，忍住頭暈倒地的衝動，一步步挪出屋子，直奔灶房。

平日幾息就能到的地方，江雨橋活生生走得滿頭大汗，好不容易到了灶房，她往平日放火石的地方瞥了一眼，不出意外應當是被許成收了起來。

她用力挪到灶前，打開灶門，顧不得裡面的黑灰，伸入手尋了片刻，接著面上一喜。

果然還在！

江雨橋摸出火石，將兩塊火石互砸，原本簡單的點火，她的力氣卻怎麼都點不著。她放下手中的火石，深吸一口氣，用那鐵片刺入腰間。

疼痛讓她多了幾分力，她重新拿起火石，對著一把枯黃的乾草，用盡全身力氣一砸，那火星濺入乾草中，一絲煙緩緩升起。

江雨橋心中驚喜，小心護著那點火星，看著它乖巧地燃了起來，她臉上露出了這幾日來第一抹笑。

對她來說，這點火簡直不亞於救世的明光，她抓了幾把草扔進火盆中全都引燃，端著火盆一瘸一拐地出了後廚，心裡默唸一句「阿彌陀佛」，一揚手，那盆乾草散入空中，大半落在院中，星星點點的甚是好看。

卻有那麼一、兩簇翻越院牆，沒入鄰居院中。

只聽到一個尖銳的女聲驚叫道：「火！我剛洗的衣裳！」

江雨橋臉上的笑容終於徹底釋放開來，此時的她卻也沒了力氣，膝蓋一軟，癱在院中，看著眼前被燒得捲曲的乾草，緩緩閉上眼睛。

再次醒來的時候，江雨橋只覺得渾身像是被碾壓過般疼痛冰冷，唯一的溫度是自己的手被一隻溫熱的手緊緊握住。

江雨橋一瞬間清醒過來，不知道自己是不是又被許遠抓住？她睫毛微顫，猶豫著要不要睜開眼睛。

林景時看著她明顯醒來心神不寧的樣子，放下心中多日的擔憂，悄悄把臉湊上去，直到二人鼻尖即將要對到鼻尖，才沙啞道：「醒了？」

江雨橋一聽這熟悉的聲音，渾身一僵，下一瞬猛地睜開眼，看見林景時有些凌亂的鬍碴以及疲憊的神色，多日的委屈、害怕與劫後餘生的激動湧上心頭，眼淚再也止不住，伸出手摟住他的脖子，放聲痛哭。

林景時被她拽得差點撲倒在她身上，飛快地伸手撐了一下，另一隻手小心翼翼地摟住懷中啜泣不已的小人兒，避開她的傷口，將她擁入懷中，像抱著一個嬰孩般，輕輕晃著她的身子，無聲地安慰她。

江雨橋哭得是涕泗滂沱，林景時察覺到胸口的衣裳已經被浸透了，只覺得自己的心都被擰了起來，疼得讓他也忍不住想要流淚。

他眨眨眼睛，忍住想要流淚的衝動，幾近虔誠地抱著懷中的人兒，乾澀沙啞地開口：「疼嗎？」

江雨橋小小的腦袋在他懷中左右搖了搖，林景時長吁一口氣，低頭輕啄了下她烏黑的髮，稍稍用力摟住她。

不知過了多久，江雨橋才漸漸止住了哭，可她不願從林景時的懷中離開，貪戀著這一分溫暖，帶著濃濃的鼻音問道：「家裡人是不是很擔心我？」

林景時輕嘆一聲，連帶胸口微微顫動，讓窩在他懷中的江雨橋充滿了安全感，忍不住蹭了兩下。

林景時輕撫她的後背，道：「無須擔憂，家裡人並不知曉。姑姑對外宣稱遇刺，我與江爺爺說要尋一個靠得住的人貼身照顧她，妳這個姪兒媳婦自然是首選。」

江雨橋聞言放下心來，緊繃的身子徹底放軟，閉上眼睛，有些昏昏欲睡。

林景時見到這個小沒良心的剛脫了險就要睡覺，有些哭笑不得，卻也知曉這些日子她的身子被下了藥，十分疲憊，能這個時候醒來，是醫女都沒想到的，全憑她的一股子精氣神。

他的掌心慢慢輕撫著她的後背，低頭端詳著她嬌俏的睡顏，有些捨不得放手。

這時醫女端著一碗藥推門進來，看到眼前這一幕，瞪大眼睛，不知是進是退。

林景時的視線並未從江雨橋身上離開，依然滿目柔情地看著她，嘴上卻道：「她睡了，再去煎一碗。」

醫女鬆了一口氣，對林景時無聲地行了禮，輕手輕腳地退了出去，生怕打擾到這一對久別重逢的人。

當江雨橋再次醒來時，天已經擦黑了，她動了動胳膊，這幾日一直纏繞她的痠痛無力感已經減輕許多。

林景時察覺到她醒了，上前撫摸她的臉頰。「起來吃藥吧？」

江雨橋賴皮地往被子裡縮了縮，看得林景時好氣又好笑，輕輕一拍手，房門應聲而開，醫女端著一碗冒著熱氣的藥邁步進來，交給林景時後，上前捉住她的手，仔細地把起脈來。

林景時端著那碗藥站在一旁，不敢打擾醫女。

江雨橋看著她端莊方正的臉，欲言又止，直到醫女鬆開她的手，對她露出詢問的目光才輕咳一聲。「醫女姊姊，能不能別告訴李牙哥我受傷了？」

醫女臉上泛起幾絲紅，抿了抿唇回道：「放心吧，我不會告訴他的。」

江雨橋得了這麼一句保證，鬆了一口氣，只聽醫女繼續道：「妳身上的藥性還算溫和，三、五日就能清乾淨，只是腰上的傷口是癒合了又被妳強行刺開，且那鐵片並不乾淨，有些痲煩。」

江雨橋心裡一驚，等著她繼續往下說。

醫女笑了笑，道：「若要徹底治好，怎麼也得半個月。」

才……才半個月？江雨橋鬆了一口氣，她還以為治不好了。

林景時見江雨橋被醫女的話嚇了一跳，笑了一聲，對醫女道：「妳先出去吧。」

說完又回頭摸了摸江雨橋的頭。「她不過是氣妳讓她瞞著李牙，故意作弄妳一回。」

醫女明顯地倒吸一口氣，鼓了鼓嘴巴，到底沒辯解，又悄無聲息地退了下去。

江雨橋目瞪口呆。「李牙哥竟然已經得到醫女姊姊的心了？」

林景時笑著點頭。「妳還是先盤算、盤算李牙的聘禮吧。」

江雨橋一下子發起愁來。「縣城剛受了災，哪能一下子湊齊那麼多聘禮？」

林景時坐在她身邊，一口一口餵她喝藥，看她苦得直咧嘴，變戲法般從懷中掏出一個袋子，從裡頭撿了個杏脯塞進她嘴裡。

江雨橋被酸得眼睛一瞇，好不容易吞下去，吸了吸唇角問道：「林掌櫃，是誰告訴你要給吃了藥的人吃這個的？」

「啊？」

林景時有幾分呆愣。「是……是姑姑說的。」

江雨橋閉上眼睛，深吸一口氣。「娘娘如何說的？」

林景時眉頭微蹙。「姑姑說吃了藥自然口中發苦，常備一塊蜜餞能緩解那苦，我方才趁妳睡著特地出去買的。可……可是錯了？」

江雨橋哭笑不得，看著他小心翼翼的樣子，覺得他著實可愛，忍不住伸手搓了搓他的臉，擠壓成奇怪的形狀才放開，倒在炕上大笑起來。

林景時有些摸不著頭腦，但見她笑得這麼開心，心下終於鬆了口氣。

江雨橋止住笑，又重新坐直身子，心底的害怕終於徹底驅散，一雙忽閃忽閃的杏眼盯住他深邃的眼眸。「林掌櫃，許遠呢？」

林景時瞳孔微縮，今日他努力不去說許遠，卻沒想到江雨橋卻主動提起來。

他沈吟片刻，看著江雨橋黑白分明的眼睛，垂下眼眸道：「他死了。」

死了？

許遠死了？

江雨橋不敢置信，這個她兩輩子的噩夢死得如此簡單？

她微張著嘴，呆愣愣地看著林景時。

林景時抬起眼眸與她對視，看到他眼神中的篤定與認真，江雨橋選擇相信了他。

「他怎麼死的？」

林景時抿緊薄唇，片刻才開口。「妳潑了火過去，小院旁那家的婦人本就潑辣，就去砸門，可裡面丁點兒動靜都沒有，她在外頭撒潑哭喊一番，引來了劉知縣的人……」

他懊惱地搖了搖頭。「是我大意了，這小院自我知曉起，一直都在我的監視、保護下，直到後來地火之事了結，我才撤走了人，誰能料到許遠竟然帶妳躲在那兒！」

江雨橋握住他的手，唇角露出一絲笑。「無須內疚，我自己也不曾想到。」

林景時在她的安撫下平靜下來，反手握住她的手。「我到的時候，許遠也剛趕來不久，他竟然想拚著一條命，從劉知縣的人手中把妳帶走，我自然不會放過他。」

他的聲音越發狠戾。「他身邊有個高手，是許公公自小養大的，可惜他的人著實太少了，又如何能逃脫？最終不過是喪了命。」

江雨橋像是在聽別人的故事般，心中竟然沒有絲毫痛快與興奮。她摸了摸自己的胸口，有些疑惑。「為何聽到他死了，我竟然毫無波動……」

林景時心裡一驚，上前輕摟住她。「雨橋，他以後再也不會出現在妳面前了。」

江雨橋笑了起來，那笑意直達眼底，渾身上下明顯露出一種徹底解脫的如釋重負。

林景時把她輕輕放倒。「這幾日妳著實太累了，先別起來，我還要去回姑姑幾句話，待會兒再來陪妳。」

「嗯……」江雨橋嘴上答應著，可兩人的手依然纏在一起，誰都不捨得先鬆開。林景時看了看兩人交握的手，低頭靠近她，江雨橋以為他又要親一下她的髮與她告別，微微收了下巴，把額頭往前送了送。

誰料林景時另一隻手驀地捏住她的下巴，用力抬了起來，在江雨橋錯愕的眼神中，溫熱的唇就這麼直接貼上她微張的櫻唇。

林景時的吻與他平日的溫和大有不同，霸道且侵略，深黑如墨的眼眸波光瀲灩，比往日多了幾分邪魅。

江雨橋渾身一震，滿臉通紅，整個人如墜雲霧中，只有唇間那丁點兒的感受，似火種點燃她全身，讓她忍不住顫慄。

與他霸道的吻不同，林景時的唇溫熱柔軟，察覺到江雨橋的輕顫，他抿出一抹笑，抽離少許，卻不曾退離，輕聲道：「雨橋，妳終於又回到我身邊了。」

江雨橋覺得他呼出的溫熱氣息，快要讓她沈溺得喘不過氣，忍不住屏住呼吸，想要把自己與這曖昧的氣息隔絕開來。

林景時哪裡會容忍她的退卻？貼近她的唇輕啄一下，唇角漾出勾人的弧度。「厭惡我這樣嗎？」

江雨橋被他的笑迷了眼，傻愣愣地搖搖頭，臉上的紅暈堆砌如朝霞，美不勝收。

林景時輕嘆一聲，攬她入懷，將頭埋進她的脖間，語氣柔得能滴出水來，孩子氣地抱怨道：「真不想離開妳。」

這樣的林景時讓江雨橋心底一陣悸動，伸手環住他的腰，無聲回應著他。

林景時又蹭了她肩膀幾下，猛地抬起頭，直直盯著她。「不能再拖了，姑姑還在等我。」

江雨橋又伸手把他的臉揉成了奇怪的形狀，笑道：「快去吧，我等你回來。」

林景時輕輕吸了一口氣，像是給自己離開的動力，對著她微腫的唇狠狠親了一口，這才站起身，頭也不回地推門出去。

江雨橋看著他背影消失的地方許久，才回過神來，伸手觸碰了下自己的唇，像是被燙到般猛地縮回了手，把被子拉到頭頂，羞澀得連一絲陽光都不想見到。

第三十章

林景時並不比她好多少，這麼多年在外，自然也與人在那風月之地推杯換盞，有了酒和女人，許多平日難辨的事情都不值一提。

可他一向片葉不沾身，方才……他第一次知曉，原來與心愛的人唇齒相依，是那種無法用言語形容的感覺。

他一路都沈浸在那美好的吻中，直到看見朝他笑得殷勤的小太監才斂了心神，再睜開眼睛，眼神中已是一片清明，絲毫不見方才的旖旎。

德妃半靠在軟榻上，擺弄著一對玉墜，見他進了門，朝他招手。「雨橋醒了？」

林景時點點頭，上前給她倒了杯茶，細心地用手背試了試溫度，才恭敬地送到德妃手邊。

德妃享受著這個最疼愛的姪兒的體貼，伸手接過茶喝了一口。

微苦回甘，熱度剛剛好。

林景時見她不說話，輕輕咳了咳，像小時候一般，一窘迫就沈默下來。

德妃見他這副樣子，心軟了大半，挑眉問道：「又來問那個許遠？」

林景時默默地點頭。

德妃嘆了口氣。「我知道你想親自要了他的命，可他是許老狗抗旨的證據，而且他……能把三皇子拉下來。姑姑跟你討個人情，只要帶他見過皇上，他必死無疑，你還信不得姑姑？」

林景時眉頭微皺。「我不是信不得姑姑，只是許遠此人為人陰險狡猾，幾次必死的局面他都能逃出生天，我怕又節外生枝。」

德妃失笑搖頭。「果然事關雨橋，你便失了平日的機靈勁。姑姑能在後宮掙出一條路來，難不成手中還沒有個秘藥？」

林景時凝神靜聽。

德妃繼續道：「不過是個太監的姪兒，也值得你如此。放心，他活不過三個月，那百日醉也不是說笑的玩意兒。」

林景時睇起眼睛，這才鬆了口氣。「姑姑上回餵他的是百日醉？」

德妃點點頭。「只不過如今不能讓他知曉罷了，他若知道自己必死無疑，見了陛下再胡言亂語，豈不是壞了咱們的計劃？」

林景時猶豫著應下。「如此便好。姑姑打算何時啟程？」

德妃瞪了他一眼。「雨橋剛醒就要趕我走，你這小沒良心的，有了媳婦忘了娘。」

林景時哭笑不得。「姑姑從哪兒學到這些市井之語？」

德妃竟然有些得意。「我都是做孀子的人了，這幾日悶在家中閉門不出，整日聽醫女學李牙說話。李牙那孩子真是逗趣，說的事從醫女那死板的聲音轉述出來都那麼好笑，我看這對小情人一靜一動的，倒是般配。」

林景時打蛇隨棍上。「既然姑姑這麼說，回頭我就放了醫女的身契，置辦一份嫁妝，讓她與李牙過小日子去吧。」

德妃被他的話逗得哈哈大笑。「李牙看著也不像是能離開雨橋的模樣，你這是左手倒右手，裡外醫女都是你們的人。」

林景時也笑了起來。「李牙整日盼醫女盼得眼睛都紅了，我一直也沒給個準話，這幾日醫女也未曾與他見面，他怕是心裡打鼓呢。」

看著情投意合的小兒女要共結連理，總是一樁開心事。德妃喚了一聲，對進來的大太監道：「你去尋一對玉如意賞給李牙與醫女，只當是我給他們的賀禮。」

大太監恭敬應下，德妃看著神色淡然的林景時一眼，從袖中掏出方才把玩許久的玉墜，親手遞給他。「別說姑姑偏心，這對是給你和雨橋的。」

林景時看著她手上的玉墜，心裡一驚。「姑姑……」

德妃把玉墜塞進林景時手中。「既然雨橋醒了，姑姑明日就啟程回京，你只管與江家說雨橋這幾日伺候我累狠了，讓她好好休養幾日。」

林景時欲言又止，垂下眼眸，摩挲著玉墜，許久才小心翼翼收到懷中，語氣堅定道：「姑姑放心。」

德妃憐愛地看著林景時。「你長大了，成親的時候姑姑怕是不能親眼看到你娶親了，你爹那兒你放心，他們不會打擾你。」

林景時心中感動，對著她深深一揖。「多謝姑姑成全。」

德妃抿了抿唇，終於忍不住說道：「他們待你不好，你便脫了他們。姑姑再如何也能護住你這個小孩兒，何況還有你兩個兄弟，你只管好好過自己的快活日子。」

她怕林景時再跟她客套，說完就趕他。「快走、快走，別再說話了，我年紀大了可不願意聽你說著迂腐的酸話。」

林景時一腔感動被悶在心裡，只能跪下給她重重磕了三個頭，到底沒說什麼。

德妃獨自一人坐在房中一言不發，沈浸在自己的世界中，直到晚霞漫天她才回過神來，看著眼前明顯已經站了許久的大太監，沙啞道：「什麼事？」

大太監有些猶豫，窺著她的臉色，還是一五一十道出。「……林少爺見他喝下那碗摻著百日醉的湯，又盯了半刻鐘才離開。」

德妃長嘆一口氣。「他這是不信我啊……」

大太監不知道說什麼好，只能道：「林掌櫃恨許遠入骨，只是為了娘娘才忍到現在沒動手，總是有些想不開的地兒。何況那百日醉咱們確實餵了，不等林掌櫃的藥發作，那許遠就已經是個死人了。」

德妃笑著搖頭。「你無須安慰我，我自己的姪兒自己知曉，他能做這一步，我心中也甚是欣慰。」

大太監湊趣道：「這還不是多虧了娘娘，才能教導出林少爺這般人才。」

德妃諱莫如深地笑了笑。「他想留在這兒那便留在這兒吧。」

德妃啟程回京，還帶走了賑災得力的劉知縣。

江雨橋咧了咧嘴。「劉知縣就這麼明著站在娘娘這邊了？」

林景時給她切了一塊蘋果，塞進她口中，見她的臉被塞得如同一個小毛球圓潤，才平淡開口：「他再不跳出來，日後可就說不清了。」

江雨橋語塞，許久才搖搖頭。「你們這群人啊，說話、做事總要走一步算百步。」

林景時靠近她。「雨橋這是嫌棄我心眼多？」

他一靠近，江雨橋就忍不住想起昨日的吻，臉上泛起淡淡的紅暈，往後一靠，躲開他炯炯的目光，掩飾道：「我要吃這果子，這可是貢品，罕見得很。」

林景時又切了一塊遞給她，彎起唇角壞笑。「我本就是要遞蘋果給妳，妳想到哪兒了？」

江雨橋被他一調侃，滿臉更紅，瞪了他一眼，乾脆從他手中奪過那蘋果，大口啃起來。甜脆多汁的果子充滿她的口腔，讓她把林景時的話拋在腦後，幸福得瞇起眼。

林景時見她這貪吃的樣子，笑著敲了下她的頭。「慢一點，還有一筐，全都是妳的。」

江雨橋「哼哼」兩聲，把果核往他手中一放。「小時子，快去扔了。」

林景時微微錯愕，托著那果核，看著眼前洋洋得意的江雨橋，意味深長地微微一笑。「我也想吃。」

江雨橋抖了抖唇角，忍住笑。「還有一筐呢，我分你一個。」

林景時欺身而上，飛快地掠奪了她的唇，直到把她吻得不知今夕是何夕，才一下下輕啄著，看著她迷離的眼神，壞笑道：「我只想吃這一個。」

江雨橋早就忘了那顆蘋果的滋味，可林景時那個吻卻深深刻在她心底，以至於她看到蘋果就滿臉通紅，讓江家人一頓擔憂。

江老太拉著她的手，疼惜得不得了。「這些日子照顧娘娘是不是累壞了，怎麼感覺老是沒什麼精氣神呢？」

江雨橋被打斷了思緒，想到自己竟然在全家人面前想到了林景時的吻，羞澀得差點呻吟出來。她鼓著嘴呼出一口氣，略帶洩憤地拿起眼前的蘋果分給幾個人。「奶莫要擔心，我歇幾日就好，幸好娘娘沒什麼大礙。」

江老太想到德妃，也嘆了口氣。「娘娘為人和善，到底有誰對她這麼恨的？」

老江頭對著她一瞪眼，呵斥道：「胡說八道！越老越糊塗，天家的事是咱們能議論的？」

江老太被嚇得一哆嗦，回過神也懊惱起來，不去與老江頭爭辯，噘了噘嘴，接過江雨橋手中的蘋果，略帶賭氣地坐在一旁，拿著小刀自顧自地削皮。

賴鶯一雙眼睛簡直要長在蘋果上了，江老太小心地切了一塊塞進她嘴裡。

上下牙齒一碰觸到果肉，賴鶯就興奮地在原地跳了起來，逗趣的樣子緩解屋裡略顯沈重的氣氛，讓人心中都鬆快起來。

江陽樹上前把她抱起來，坐到江老太旁邊的椅子上，江老太餵了一口孫子，再餵一口孫女，看著兩個孩子乖巧等食的模樣，臉上的慈愛遮掩不住。

老江頭見她不再糾結於方才自己的話，心裡也鬆了口氣，認真對江雨橋道：「雨橋，妳去照顧娘娘這件事，咱們可不能往外說。」

話是對著江雨橋說，眼神卻緊緊盯住李牙。

李牙有些莫名其妙，傻愣愣地回看老江頭，看得身邊的李大廚直咧嘴，一腳踹在他的小腿上。「別出去亂說！」

李牙真覺得自己是天底下最委屈的人了，他嘟了嘟下唇，在老江頭與李大廚的雙重施壓下，還是點點頭。「我知道的。」

老江頭這才滿意地收回視線，正要開口詢問江雨橋這幾日的事，卻聽到李牙插嘴。「那個……我同醫女說，不算出去亂說吧？」

江雨橋忍不住笑出聲來。「李牙哥，醫女姊姊這幾日沒見你，可是與我待在一處呢。」

李牙冷不防聽到醫女的消息，眼睛一亮，撲到江雨橋面前，兩眼發光。「雨橋、雨橋，她還好嗎？」

若是他有尾巴怕是都能搖出風了，江雨橋被他的眼神看得突然壓力倍增，斂去臉上的笑，認真看著他。

李牙被她嚴肅的眼神嚇到了，尾巴也不晃了，偌大一個人可憐巴巴地縮在她面前，就盼著醫女的一句消息。

江雨橋輕輕開口：「李牙哥……」

「嗯？」李牙耳朵豎得老高，等著她下一句話。

「李牙哥你……聘禮備下得多嗎？」

「啥？」

李牙突然沒搞懂她為何會說這句話，皺著眉，搓了搓耳朵，還以為自己聽錯了。

還是離他幾步遠的李大廚激動地站起來，看著自己這摸不著頭腦的傻兒子，又氣又笑，一腳踹在他身上，把他踢開，露出身後的江雨橋。

「雨橋，林掌櫃答應把醫女嫁到咱們家了?!」

江雨橋突然漾起一抹笑，對著他重重點頭。「李叔可得多多準備聘禮了，醫女姊姊的嫁妝可不少。」

李大廚欣喜得哈哈大笑。「從這小子一出生我就給他攢著媳婦本，這些年我與他娘省吃儉用，一切都是為了這傻兒子。」

「啥?!」李牙這才反應過來，激動地擠到江雨橋面前，那無形的尾巴又晃得飛快。

「醫女願意嫁給我了?!」

江雨橋哭笑不得，同情地看了被擠到一邊的李大廚一眼，才對他道：「醫女姊姊同意了，林掌櫃也放了醫女姊姊的賣身契，娘娘還送了你們一對玉如意做賀禮。李牙哥，你要娶媳婦兒了！」

李牙聽到這裡頭還有德妃的事，琢磨一下，笑得如同孩子般天真。「我就說嬸子是個好人，可惜這回時間緊，不然我得給嬸子多炒幾道菜好好謝謝她。」

江雨橋差點咳出來。每次聽到嬸子這個稱呼，她都……

她甩甩頭，悄悄環顧一下屋裡，見每個人臉上都是又驚又喜的笑容，心裡暗自鬆了口氣。騙家裡人她心中到底過意不去，如今把李牙推出去，他們也沒了追問的心思。

李牙的性子直來直去，知道醫女要嫁給自己，早就高興得屁股只有三兩輕，走路都一步三顛的。

他嚷嚷著醫女這幾日定然累了，要好好做幾道菜給她補一補。

李大廚看著他輕飄飄的背影，「嘖」了一聲，略帶幾分酸。「這傻小子，怎麼沒說給他爹做一點補補？」

老江頭看不慣他這模樣，拉著他和賴富開始商議李牙聘禮的事。江老太已經拉著賴嫂子，耐心地詢問她會不會縫被子了。

幾個小的相互對視一眼，乾脆打了招呼退出來，重新聚在江雨橋屋中。

三人坐定誰也沒開口，沈默片刻，賴明不無擔憂地看著江雨橋。「姊姊，妳真的想好要嫁給林掌櫃了嗎？」

江雨橋微微吃驚，沒想到他竟然會問這個問題。

賴明與江陽樹齊齊上前，一左一右蹲在江雨橋眼前，抬頭用清澈的眼眸望著她。

「姊姊，雖然我不知道發生了什麼，可這次的事情我與小樹怎麼想都覺得不單純，原本我們以為只要林掌櫃留在縣城中，那些大戶人家的事情就與咱們無關，可……怕是真的避不開。」

江陽樹接話道：「姊姊，我與明哥明年會去考童生，可是我們太小了，來不及護住妳，妳便要嫁人了，這種事若是再發生一回……」

江雨橋一時語塞，看著兩個弟弟真誠的眼神，眼底泛潮。

她伸手輕輕撫上他們稚嫩卻認真的臉，嘆了口氣，輕聲道：「你們大了，想得也多了，其實姊姊也曾懷疑過自己做的對不對，林掌櫃與德妃娘娘密不可分，林家與德妃娘娘更是情同母子，日後你們二人若真的出仕為官，怕是自然而然就站在德妃一派。」

賴明瞇了瞇眼睛，眼神卻更加堅定。「姊姊，只要妳決定了，我與小樹只管跟著妳的腳步。」

江雨橋憐愛地搖搖頭，阻止了要說話的江陽樹。

「就是知道你們會如此，我才懷疑過，不知道自己做的是對是錯，在你們有無限可能的時候，就把你們綁在一條船上。」

聽到未來小舅子要勸江雨橋反悔的消息而趕來的林景時，趴在屋頂上聽到這番話，不知心中是何滋味。雜亂的思緒繞著他的心，一圈一圈的越捆越緊，勒得他無法呼吸。

此時的江雨橋哪能想到，口中的人正在偷聽她說話。她的臉上突然綻出一朵驚心動魄的笑容。「可是……姊姊沒法子，哪怕有這樣、那樣的擔憂，哪怕日後可能會後悔，哪怕你們長大後可能會埋怨姊姊把你們帶到了這條船上，姊姊也沒有辦法說服自己脫離。因為林掌櫃……」

對著兩個弟弟說這種話，讓她十分羞澀，可她還是強忍住，睫毛顫得厲害，聲音更是蘊含著藏不住的情意。

「我心悅他。」

哪怕早就知曉江雨橋的心意，猛地聽到這句簡單直接的告白，林景時還是恍若被巨浪衝擊，方才困住自己心的繁亂思緒一瞬間全都消失，耳邊已經聽不到別的，只剩下江雨橋那句——

我心悅他。

兩個男孩也快到情竇初開的年紀，聽到江雨橋這句話都紅了臉。

江雨橋輕輕拍了拍自己的臉頰，緩了一會兒才繼續道：「這些話本不該同你們說，只是你兄弟二人若是真的存了心思，怕是處處看他不順眼，時間久了定會起嫌隙。

「如今你們已經半隻腳上了德妃娘娘的船，顧先生也是娘娘一派的人，你們身為他的門生本就脫離不開，再與林掌櫃起了嫌隙……」

剩下的話不用她說完，兩個孩子已經徹底明白過來。江陽樹側頭看了賴明一眼，突然故作成熟地嘆了口氣。

「明哥，咱們倆就算回回一次中，也得考到將近二十才能做官呢。」

賴明似笑非笑地瞪了他一眼，回頭拉住江雨橋的手。「姊姊放心，我們兄弟二人定然不會做出令妳擔憂的事。」

江雨橋欣慰地看著眼前的兩個孩子。「希望姊姊今日的決定不會害了你們。」

江陽樹卻挺直小小的身板。「姊姊，只要我與明哥自己有本事，總有一日，我們不是在甲板上只會放纜繩的水手，而是成為掌舵的人！」

這話有幾分大逆不道，江雨橋卻沒有喝止他，而是含笑看著他們。「姊姊相信你們。」

接著抬手摸了摸他們的頭。「快些去看看爺奶吧，莫要與他們說起這些事情。李牙哥的聘禮咱們也要出一份，小明知曉鋪子裡的帳，一起去同爺奶商議吧。」

兩個小的點點頭。「姊姊若是累了就在此歇會兒，我們先去了。」

江雨橋送兩個孩子出了屋門，剛關上門就跌入一個溫熱的懷抱中。她渾身一僵，正要尖叫，下一瞬熟悉的松柏香幽幽纏繞著她。

江雨橋咬了咬唇，放軟身子，聽著耳畔熟悉的呼吸聲，開口道：「來了多久？」

林景時在她耳邊輕笑一聲，惹得她微顫一下。

「不久。從妳說妳心悅我的時候才來。」

江雨橋的臉「轟」地一下，火燒火燎的紅。

她不敢回頭看他，細白的脖子爬上了紅暈，看得林景時心中輕顫。

他抿了抿唇，用盡自制力才壓抑住心中快要破柙而出的猛獸，把唇貼到她白皙的脖頸上，聲音沙啞。「雨橋，我很歡喜。」

江雨橋只覺脖子被他的氣息灼得火熱，她忍不住往旁邊躲了躲，林景時並沒有阻攔，反而鬆開手，讓她轉過身來，與自己面對面。

「雨橋，我們早些成親吧。」

江雨橋一驚，臉上的紅暈褪下稍許，沈默起來。

林景時嘆了口氣，拉著她的手。「我知曉妳放心不下家裡，可是我們早就說好了，日後要留在縣城，小明與小樹也漸漸長大了，難道妳還能扶持他們一輩子？」

江雨橋依然沈默。

林景時捨不得逼她，摸了摸她的髮。「是我太唐突了。」

江雨橋嘆了口氣，搖搖頭。「不怪你，當日若不是我突然被許遠擄走，德妃娘娘怕是早就已經上門與爺奶定下日子。如今她匆匆回京，待忙完後總是要過問的，早晚要定下來，只是家中老的老、小的小，我若突然間嫁出去，心中總是不安穩。」

林景時閉上眼眸，壓低聲音。「妳不信我的話。」

江雨橋沒有否認，臉上卻越發為難。「你我都明白，你不可能留在縣城一輩子。」

林景時無可辯駁，德妃的話在他腦海中一遍遍重複，他越發酸澀，拉著她的手也微微用了幾分力。「雨橋，我與江爺爺說的話，是真心的。」

江雨橋彎起唇角，伸出如玉的手探向他的俊臉。

「我明白，你能有一瞬為了我作出這個決定，我已經十分知足了，只是你有你的責任，我也有我的責任，有些事情不是你我能決定的。」

林景時垂下眼眸，低頭望向她的眼睛，感受她柔軟的手在他臉上摩挲，看著她充滿信賴、理解、愛意的眼神，攥緊了她的手。「雨橋，等我。」

江雨橋微愕。「等你？」

林景時重重點頭。「明日我去一趟京城，等我回來可好？」

江雨橋眉頭微皺。

林景時見她不說話，笑了笑。「放心，是好事。」

她猶豫片刻，見他沒有要說的意思，嘆了口氣。「我等你。」

轉過日，林景時一早與江家人道別後就去了京城，江雨橋面上笑著，心裡卻忐忑萬分，連江老太都看出她的心神不寧，握著她的手，安慰道：「林掌櫃不是說了，也就一個月或半個月就回來了。」

江雨橋擠出一抹僵硬的笑，也不敢說什麼多餘的話，默認了自己是捨不得林景時才如此模樣。

縱然心中萬分思緒，日子總要繼續過下去，老江頭和江老太已經開始背著江雨橋商議嫁妝了。

江雨橋見他們神神秘秘的樣子有些無語，私下找來江陽樹。「小樹，你可看著些爺奶，莫要讓他們準備太多，你與小明還要讀書、考科舉，咱們這一大家子還要……」

江陽樹打斷她。「姊，如果沒有妳，咱們家能攢下這些家底嗎？爺奶自然也不會多給，當日在村中當著全村的面說過，那三畝地是妳的，雖說咱們家已經不缺這三畝地了，但這是爺奶最初的心意。」

江雨橋眼眶微紅，想到自己剛回來時那驚心動魄的幾日，輕輕點頭。「這三畝地我收下了。」

江陽樹喜笑顏開。「那便好，剩下的就讓爺奶看著準備吧，反正具體多少我也不清楚，我還是個孩子呢。」

話音剛落他就躥了出去，江雨橋還沒反應過來，就只能看見他一條小尾巴，氣得她直跺腳。

老江頭和江老太像防賊一樣防著她，明明在門外聽見兩個老的為了買哪塊地給她做陪嫁都要吵了起來，她一推門進去，兩個人立刻噤聲，堆起心虛的笑容看著她。

對著這麼兩張笑臉，她什麼話都說不出來，心裡暗暗打定主意，反正鋪子裡的錢不動，他們能花的錢也是有數的，再怎麼樣也不會準備太多。

整日有老江頭與江老太這麼吵吵鬧鬧，鋪子裡的氣氛活泛許多，江雨橋在紙上重重畫下這一橫，看著已經寫完的第五個「正」字，心中越發擔憂。

已經二十五日了，林景時竟然絲毫沒有消息，接替大夫經常過來給老江頭把脈的醫女木著臉，問她只會搖頭。

江雨橋只能耐心等待，馬上就要滿一個月了，林景時當時跟她說一個月左右，日子越靠後，她的心就提得越高。

江雨橋放下手中的筆，把那張已經乾透的紙小心翼翼地放在櫃檯下面，對前幾日剛從村中回來、還在鋪子中做打烊整理的王衝道：「王三哥快去後面吧，我來關門。」

鋪子鑰匙在她手中，王衝點點頭，拿起擦了桌椅的抹布去後院，打算再打一桶水好好洗乾淨。

江雨橋抬腳上前，輕輕拿起門板，抬頭望著門梁正要往上對，就覺得手上一輕，那門板已經「喀噠」一聲卡在門梁上。

江雨橋的心「咯」一聲，小小倒抽一口氣，忙閃過門板探出頭，跌入那雙含笑的眼眸。

林景時看著眼前的小姑娘傻乎乎的樣子，臉上的笑意越發深，眼中星光璀璨，動人心魄。

朦朧的月光從背後傾瀉在他身上，讓他整個人都變得虛幻起來。

江雨橋也不管眼前的他是真實的，還是那一夜一夜重複的夢境，像是演練了千百遍一般，一躍撲到他身上。

林景時神情微訝，雙手卻早已自己做好準備，接過她柔軟的身子，緊緊地禁錮在懷中。

直到聽到他的心跳聲，江雨橋才確定自己不是在作夢。她閉上眼睛深深吸了一口他身上好聞又熟悉的松柏香，環住他的腰，閉上眼睛享受著這一刻的溫存。

林景時低下頭，輕笑一聲。「這麼想我？」

江雨橋才沒空回他的話，只想抱著眼前的人到天荒地老。

遠遠地，有那關了鋪子要歸家的人出現在街口，林景時把江雨橋抱起，一閃身進了鋪子，把她倚在那剛擦亮的桌子前，看著她微顫的睫毛，俯下身掠住她櫻紅的唇。

雙唇碰觸的一瞬間，兩人同時發出了滿足的輕嘆聲，林景時用舌尖撬開她的貝齒，追逐著她。

江雨橋只覺得渾身發燙，兩隻手不自覺抵住他結實的胸膛，緊緊抓住他的衣襟，想要把他拉得更近一些。

林景時察覺到她的主動，在她已經微腫的唇上輕咬一口，下一瞬就更為激烈地蹂躪著她的唇，帶著想把她吞噬入腹的慾望，一隻手摟住她的腰，另一隻手也探到她的腦後，加深了這個吻。

突然，「噹」的一聲巨響，兩人同時被驚醒，林景時第一時間把尚且懵懵的江雨橋摟入懷中，陰冷如刀的目光刺向來人。

王衝只覺得渾身一涼，感覺自己快要在他的目光中窒息了。

他腿腳一軟，跪在地上。林景時見是他，放柔了眼神，王衝覺得壓力驟然消失，長吁一口氣，心有餘悸地撿起地上散落的盆子和抹布，一句話不敢說，連滾帶爬地跑回後院。

江雨橋此時恨不得自己死了算了，把腦袋埋在林景時的懷中，心底亂得如同打了結的麻繩，壓根兒不敢去想方才的人是誰。

林景時心裡暗嘆一口氣，幸虧王衝打斷了他，不然以他方才的動情，怕是要控制不住自己鑄下大錯了。

他摸了摸江雨橋的後腦，聲音沙啞低沈而又性感。「雨橋，沒有人了。」

江雨橋一動不動，彷彿這樣就能拒絕承認自己方才做出那羞人的事一般。

林景時溫柔地一下下撫摸著她的背，讓她放緩自己，等到又重新感覺到她的柔軟，他才從袖口拿出一張紙，在她耳邊晃了晃。

「這次去京中我就是為了這件事，妳不想知道嗎？」

江雨橋渾身一僵，猶豫許久，終於還是忍不住，低著頭離開他的懷抱，搶過那張紙，細細看了起來。

她花了好大的工夫才讓自己的腦袋清明一些，看到那大紅的印鑑，方才的旖旎瞬間拋到腦後，抬頭不敢置信地望著他。「你……」

林景時笑著摸了摸她的臉。「如今妳可信我了？」

江雨橋看著眼前那委任狀，眼角的淚滾落而下，心中又酸又澀又甜，攪得她不知該說些什麼，只能把那張紙讀了一遍又一遍，抱住他放聲大哭。

林景時憐惜地擁住懷中的小人兒，在她耳邊輕聲呢喃。「我與娘娘已經說定，起碼兩任六年內她不會強求我離開。待到六年後，小樹與小明已經長大，到那時我掛了這知縣的印，與妳一起遊歷天下，可好？」

江雨橋心中的感動無法言喻，眼中的淚止也止不住。

林景時伸手輕輕抹去她的淚，低頭溫柔地貼著她的唇，像是在說給自己聽，也像是在給她承諾——

「我想與妳攜手共看一生，日後風風雨雨，朝朝暮暮，永不分開。」

數年後

江陽樹看著背影寂寥的顧潤元，輕輕呼出一口氣。「先生。」

顧潤元聞聲回頭，已過而立之年的他依然眉目儒雅，身姿昂然，只是原本尚有幾分外放的書生意氣，如今已經全都磨成了溫潤的氣息，讓他整個人透著只可遠觀的高潔。

「滁州之事已經忙完了？」

江陽樹神色一肅，細細與他從頭到尾講述一番。

顧潤元端著茶聽他說完，語帶欣慰道：「你們長大了，原本給你們幾個小的練練手的事情，竟然做得如此好。」

江陽樹心中一喜，露出幾分年少時的跳脫。「先生事先可應下了，要允我與明哥兩日假的，四喜哥也說想同我們一起請假，又怕先生不應。」

顧潤元不拒絕也不答應，喝了一口已經微涼的茶，才緩緩放下杯子，問道：「何事值得你們如此？」

江陽樹咧開嘴笑起來。「姊夫辭了官後一直在縣城中，與姊姊代替我與明哥給爺奶養老，如今爺奶終於被勸動了，同意上京一趟，估計著日子就快到了。」

顧潤元愣了一下，心中泛起自己都抑制不住的漣漪，喃喃道：「她……他們要來了？」

江陽樹笑得眼睛都瞇成一道縫。「回頭爺奶到了，定要讓我們請先生回家吃個飯的，先生可莫要拒絕。」

顧潤元彎起唇角。「我定會去的。」

得了準信的江陽樹恨不能一步三跳跑去與賴明會合，商議要準備什麼。

看著他遠去的背影，顧潤元搖搖頭，臉上一直掛著的溫和笑意淡了下來，沈思許久，苦笑一聲。

罷了，當年不過是瞧著小姑娘倔強有趣，才忍不住多關切了幾分。如今她已覓得良人，夫妻琴瑟和鳴，恩愛如往，自己又何苦在這兒癡心妄想？

絲毫不知自己被顧潤元惦記過的江雨橋撫著胸口，大口大口嚼著酸澀的梅子，壓下上湧的吐意。

礙於老江頭和江老太也在馬車上，林景時強忍住擁她入懷的衝動，緊緊攥住她的一隻手，擔憂問道：「可要讓他們停一停？」

江雨橋有氣無力地擺擺手。「別，一直如此顛著，我倒還習慣些，停下了再走的那一刻，我恨不能自己昏過去才好。嘔……」

林景時見她又乾嘔起來，急得不知如何是好，一向鎮定的臉上如今只剩下呆呆傻傻的擔心。

江老太看不下去了，推了他一把。「景時，你去給雨橋燒些水來，這水溫的時辰長了，有那麼一股味兒，她喝不下去。」

林景時「噌」地一下站起來，話都來不及應，喊住門外的影子停下車，車未停穩就掀開簾子跳下馬車，跑出兩步才想起什麼，又轉身掀開簾子，滿臉焦急道：「多謝奶奶告知。」

江老太被他弄得哭笑不得，伸手虛點了他兩下。「客套個什麼勁，快去吧。」

說完轉身拉起江雨橋的手，嘆息道：「雨橋，這幾年瞧著，雖說咱們兩家門第差得大些，但景時倒是真心對妳好。」

江雨橋吞下口中的酸梅，想了想也笑了。「奶，我會惜福的。」

江老太看著她蠟黃的臉，不無擔憂。「這孩子若是早診出來半個月，咱們就不出門了，哪能累得妳如此？」

江雨橋又捻起一顆酸梅放進嘴裡，舒服地瞇起眼睛。「這一看就是個調皮的。」

老江頭「嘿嘿嘿」地笑起來。「皮一點好，皮一點的孩子皮實，到了京中咱們就不走了，安安穩穩地等妳養完胎、生下孩子再說。」

說完有些惋惜地咂咂嘴。「可惜當日沒想到，把醫女和李牙留在鋪子裡了，我與妳奶只會做些鄉下吃食，如今妳肚子裡的孩子可不能這麼吃，這裡沒人給妳做飯、也沒人給妳把脈的到底不方便，到了京中要趕忙張羅起來了。」

林景時掀開簾子，正巧聽到這句話，接道：「爺爺無須擔憂，我已經派人讓他們倆隨後進京了。咱們走得不快，估計兩、三日就能追上我們。」

老江頭長吁一口氣，放下心來。「那便好，冷不防地去尋人，總沒有咱們自己人踏實。」

江雨橋嗔了林景時一眼，撒嬌道：「你燒的水呢？」

林景時跨上馬車，捻起一顆酸梅放進自己嘴裡，酸得他眼淚都快出來了，吞了好一陣口水才道：「賴叔看著呢，待會兒好了我去提來。嘶……這梅子怎麼比前幾日的還酸？」

江雨橋把那罐梅子抱在懷裡，往裡頭看了看還剩下多少，才瞪了他一眼。「你可別給我吃完了，到下個縣城還需大半日呢，我就靠這個撐著了。」

林景時被她不輕不重的一句話說得心都疼了，長嘆一口氣。「不該這麼早要這個孩子的。」

老江頭和江老太齊齊倒抽一口冷氣，江老太更是瞪大眼。「胡說什麼呢！你們都成親六、七年了，好不容易有這麼個寶貝疙瘩！」

林景時一時語塞，與賊笑的江雨橋對視一眼，恢復了幾分理智，輕咳一聲，哄江老太道：「奶奶說得是，是我想岔了。」

江老太見這樣不行，推了一把老江頭。「老頭子，我看這幾日景時照顧得還成，咱們回自己馬車上吧，讓兩個孩子也說說話。」

老江頭被她推得愣了一下，看見她眼睛眨得都快抽筋了，撇了撇嘴點點頭，回頭認真地叮囑林景時。「景時啊，一定要看好雨橋。」

林景時千答萬應地才送了兩個老的下了馬車，拿來剛燒好的水，給江雨橋倒了一杯，拿起手邊的扇子給她搧涼。

江雨橋就這麼抱著酸梅罐，靠在軟靠上，看著林景時小心翼翼地搧著那杯水，像是在看著什麼救命的靈丹妙藥，心中濕漉漉的，彎腰上前在他臉上啄了一口。

林景時錯愕，差點把手裡的扇子扔了，反手扶住她靠回去。「別彎腰。」

江雨橋輕哼一聲，嘟起嘴來有些賭氣。「你就惦記著肚子裡你的孩子。」

林景時「嗯？」了一聲，心中納悶她是怎麼聯想到這個的……

他忙解釋道：「我是怕妳擠到胸口又想吐。」

一句話江雨橋就轉了過來，也懊惱自己的小脾氣，怎麼越發地任性了。

林景時見她咬著下唇的小模樣，眼角微彎了彎，薄唇貼近江雨橋的耳邊，輕笑出聲。「妳想親我說一聲便是，我自然會自己送上門來。」

趁江雨橋沒反應過來，他吸了一下她白嫩圓潤的耳垂，引得她渾身一顫，下一瞬找到她的唇，纏綿起來。

江雨橋滿臉通紅，那吐不吐的早就被她甩在腦後，睜著眼看著他高挺的鼻梁，以及深邃的眼眸，感覺自己快要被他拆吃入腹了。

她滿臉通紅，往後一縮躲開他的唇。「別，在馬車上呢。」

林景時愣了一下，想明白她話中的意思，壓低聲音笑了起來。那低沈的笑聲提醒著江雨橋，自己方才說了什麼蠢話。

她脹紅著臉，像隻兔子般縮成一團，乾脆閉上眼睛不去看他，誰料沒多久自己竟然就真的迷迷糊糊地陷入昏睡。

林景時聽見她微微沈重的呼吸聲，止住了笑，輕手輕腳地把她半抱過來，讓她枕在自己腿上，看著她微張的唇瓣，輕抿住唇，低頭親了兩下，這才心滿意足地抱著她閉目養神。

幸而過了兩日，李牙與醫女便追了上來，已經為人婦的醫女褪去幾分當年冰冷的模樣，笑咪咪地上了馬車，先給江雨橋把了脈，對林景時懷中的江雨橋點點頭。「孩子很好，夫人也很好。」

江雨橋鬆了口氣。「我知曉有了身孕會想吐，可是我這吐得未免有些厲害。」

醫女摸出一個小瓷瓶。「這是我早就做好的藥丸，一日一粒能止吐，到了京中再好好調養，定能保證夫人順順利利的。」

江老太這才徹底鬆了口氣，也生出心思問了幾句。「米山呢？沒跟你們一起來？」

說到兒子，醫女的臉色更是柔和了幾分。「他才四歲，這回來得急就沒帶他來。爹說他留在縣城看著幾間鋪子，順便帶著他，讓我們只管跟著主子與夫人。」

剛同賴富他們說完正事的李牙也探過頭來。「雨橋，妳可算有了娃兒了，咱們不得早早想想名字？」

江雨橋抽了抽嘴角，想起當初米山尚未出生時，李牙取名字那勁頭，問道：「李牙哥可是有了好建議？難不成我肚子裡這個要叫麵山？」

李牙急得直擺手。「那怎麼能成？麵山是我給我家老二準備的名兒呢！」

說完看了瞪著他的醫女一眼，有些不解，還是繼續道：「再說你們都是讀書人，怎能叫米山、麵山的，怎麼也得取個好聽些的。」

江雨橋這才鬆了口氣，朝後靠進林景時懷中，找了個最舒服的位置，倒出一粒醫女剛給她的藥丸放入口中，剛喝了一口水，就聽到李牙憨憨地笑道：「我其實也想了許久，叫禾稻怎麼樣？多文雅啊，我還問了來吃飯的秀才，都說這名字好呢！」

江雨橋一口水沒吞下去，「噗」的一聲全噴到對面李牙的臉上。李牙顫抖著唇，滿臉無辜，頂著林景時殺人的目光，硬著頭皮道：「怎……怎麼了……這名字不好嗎？」

江雨橋一聽他說話，咳得更厲害了，醫女真想把他的大腦袋擰下來，踢了他一腳。「趕緊跟著賴叔準備要啟程的東西去，別在這兒耽誤事！」

以怕媳婦為榮的李牙垂頭喪氣地「喔」了一聲，挪著胖大的身子，委委屈屈地去尋賴富。

醫女上前接過江雨橋的手腕把了把，見她並無大礙才鬆了一口氣，有些羞愧道：「夫人，李牙說話沒個輕重，妳不要放在心上。」

江雨橋此時也緩住了咳，想了想也覺得十分好笑。「別說，能看得出來李牙哥是真的用心了，這名字琢磨琢磨還真是不錯，有種返璞歸真之感。」

林景時驚出一身冷汗，生怕自己頭一個孩子就這麼不明不白地叫上「林禾稻」了，急忙出聲打斷。「如今商議為時過早，還需細細想來才成。」

江雨橋似笑非笑地看了他一眼，「哼哼」兩聲不再繼續這個話題。

林景時偷偷擦了擦汗，暗下決定，一定要把李牙與江雨橋隔開。

有了李牙與醫女的加入，江雨橋後面的日子果然舒坦許多。

一行人也不著急，慢悠悠地往京中走，讓知道自己要當舅舅這個消息的江陽樹與賴明望眼欲穿，急得眼都紅了。

顧潤元看著江陽樹興奮又激動的模樣，心中五味雜陳，獨自坐在書房一夜，掐斷了心中那一丁點的念想，起身梳洗一番，拍了拍臉頰，掛上溫潤的笑容，又變回那個無懈可擊的顧先生。

得了他們今日就會到的準信，江陽樹、賴明和四喜一大早就守在城外，朝霞剛升起，一列車隊就緩緩駛來。

賴明眼尖，一眼看到李牙那顯眼的身軀，忍不住歡呼一聲，率先衝了過去。

江陽樹和四喜一頓，心中狂喜，緊接著跟去。

一家人見面自是熱鬧不提，江陽樹看著江雨橋蒼白的臉色，心疼得直咧嘴，也不管自己年紀不小了，黏在江雨橋身上與她說著話。

林景時一挑眉，伸手把他扯下來扔出馬車。「前頭帶路去。」

江陽樹尚未說完的話只能憋在口中，又不敢反抗林景時，只能眼巴巴地看了江雨橋一眼，憤憤地轉身。

「啊？」

一聲嬌呼嚇了他一跳，他定睛一看，只見一個十二、三歲的少女站在他眼前，像是沒想到他會突然轉身一般，嚇得撫著胸口。

杏眼桃腮，翹鼻櫻唇，雪膚玉肌，身姿舒展。

江陽樹看著眼前多年未見、像是突然長大的賴鶯，張了張嘴，發出的聲音竟然異於他平日的沙啞。「小鶯？」

賴鶯回過神來，看清楚眼前的人，驚喜地笑了起來。「小樹哥哥。」

江陽樹只覺得自己被她的燦爛笑容吸住心神，滿臉通紅，躲開她純真的眼神，抬頭望向天邊。

疑是洛川神女作，千嬌萬態破朝霞。

——全書完

番外一　成親

天色微亮，王衝瞪大眼睛蒙著頭躺在炕上，知曉自己應當起來準備開鋪子的事了，可一想到昨夜……昨夜碰到的那一幕，他就恨不能跳進後院那口井裡去！

翻來覆去，磨磨蹭蹭，直到天色大亮，他才憋了一口氣爬起來，捏著拳頭給自己打氣，打定主意當自己什麼都沒看到。

江雨橋已經在鋪子裡忙活了，見王衝扭扭捏捏的模樣有些納悶，關心問道：「王三哥可是受了寒？」

一看到江雨橋，他就控制不住自己想到……

他的臉像是被火燒一般燙了起來，閃躲著江雨橋關切的眼神，嘴裡胡亂應道：「啊，是……啊，不是不是，我沒……我、我這就做活去！」

江雨橋莫名其妙地看著他慌亂的背影，琢磨不透他在想什麼，搖了搖頭，把這件事撇到一邊。

喧鬧的清晨，江家鋪子一如既往的繁忙，王衝進進出出都躲著江雨橋，讓江雨橋成功地皺起了眉。

當林景時踏入鋪子的一瞬間，王衝猛地僵住，都不知該先邁哪隻腳了，江雨橋如同被雷劈了一下，突然明白過來，昨夜那人竟然是王衝！

她彷彿覺得自己只會吸氣不會吐氣了，林景時察覺到她的異樣，三兩步到櫃檯前，皺眉問道：「雨橋？」

江雨橋眼帶涼意，有幾分陌生地打量林景時一眼，就這一眼讓林景時懸起了心，他顧不得滿鋪子的客人，伸手握住她的手，又喚了一句。「雨橋？」

低沈微啞的嗓音如同沁人的古井水，掌心感受到他傳來乾燥溫熱的氣息、耳聽著後廚急火爆炒的熱鬧、門外老江頭招呼客人的熱情、鋪子裡客人們的嘖嘖稱讚，所有的一切都交織成了一幅美妙的畫。

而畫的最中心，那個耀眼的男人，此時正毫不掩飾自己的擔憂，小心翼翼地看著她。

江雨橋突然彎起眼角，一雙大眼睛瞇成幸福的模樣。

她伸手朝林景時招了一下，林景時又向前一步，雙肘撐在櫃檯上，彎腰與她對視。

江雨橋眼中的愛意快要溢了出來，她吞了下口水，移開眼睛，只敢看林景時淡桃色的薄唇與精緻的下顎，鼓足勇氣小聲道：「林掌櫃，我們成親吧。」

！

林景時的心跳漏了一拍，像是被重錘猛地砸開縫隙，絲絲裊裊的驚喜蔓延開來。他不敢置信地看著眼前的人兒，她極為羞澀地咬緊下唇，若隱若現的眼睛卻閃閃發亮。

林景時微微顫抖地伸出手握住她的，挽起一抹笑。「我們成親。」

林景時與江雨橋的親事來得突然，江家一大家子雖說早就有了心理準備，可誰也沒想到林景時才回來一日工夫，這兩個孩子就這麼快私底下定下了。

老江頭咧咧嘴。「那個……越快越好？」

林景時與江雨橋對視一眼，伸手當著全家人的面握緊她的手，誠懇地對老江頭道：「江爺爺，我已經求得姑姑，拿到咱們縣城縣令的任狀，待三個月後便會上任。」

「三個月？」老江頭一下子急了起來。「三個月哪裡夠？如今家中的東西可都沒備完呢！」

林景時哭笑不得，解釋道：「若是待我上任了再上門迎娶，怕給江爺爺、江奶奶帶來些不便。」

看著老江頭沈思的表情，林景時心下微鬆。「且到那時，我以一介掌櫃之身猛地躍為一縣之長，百姓心中定然腹誹，於我與雨橋定然多有非議。雨橋自幼坎坷，我不忍她再受這流言蜚語之苦。」

一說到江雨橋，老江頭的心就有些亂了。

他咂咂嘴，猶豫半晌，半點不點地含糊一點頭。「暫且這麼定了吧，東西都準備起來，你先送幾個日子過來，我與你奶奶挑一挑。」

江雨橋似笑非笑地瞋了林景時一眼。真是瞎話張嘴就來，什麼怕這、怕那的，她心中清楚，這些她同林景時二人都未當回事，只不過是用來哄老江頭罷了。

她輕輕捏了林景時的掌心一下，林景時掌心一癢，用力握住她的小手，面上卻依然懇切。「江爺爺放心，姑姑臨走時早就給我留了準備成親事宜之人，人手咱們是足夠的。」

誰料老江頭一瞪眼。「咱們家嫁閨女怎能用你家的人？行了、行了，這事說開了你走吧，按照老理，成親前你們可不能見面！」

一臉茫然的林景時就這麼被推出了門，他在江家鋪子門口站住，一回頭就見江家大大小小一排男人站在鋪子口，有默契地齊齊瞪著他。

李牙還大呼小叫地叫囂。「想這麼早娶咱家雨橋？你就等著吧！」

林景時眼睛一瞇，意味深長地笑了一下，輕哼一聲對著老江頭行禮，施施然回了繡莊。

李牙還以為林景時怕了他，洋洋得意地對著他的背影重重「哼」了一聲。

賴明同情地長嘆一口氣。「李牙哥，醫女姊姊……」

「啥？醫女怎了？」

李牙看著他，突然反應過來。「林掌櫃他是醫女她的……我的娘咧！」

他眼淚都快出來了，可憐巴巴地眨著眼問老江頭。「江爺爺，您說我現在去繡莊門口跪著還來得及嗎？」

李大廚看著傻兒子，真真恨鐵不成鋼，狠狠給了他一腳，氣呼呼地回了鋪子。

李牙欲哭無淚，看著家人們一個個進了門，尤其走在最後的孫秀才竟然還朝他眨了眨眼，感受到了人情冷漠，冰涼的月光照在身上，胖大的身子有氣無力地站在門口，猶豫是不是要跪下。

雖說江家人心氣有些不順，可林景時那番話到底被聽進心中，老江頭派出賴富四處去尋縣城附近的地，這一回竟然順利許多，不到三日工夫就買下了百畝良田，還都是連成片的，讓江家人又驚又喜。

江老太唸了幾句佛，越發相信這樁婚事是天作之合。

就這麼不到一個月的工夫，嫁妝竟然已經準備了七七八八，老江頭和江老太忙得起勁，走路都帶著風，終於把家中的存銀花得差不多了才罷手。接著又開始忙著給江雨橋縫被子、做褥子。

林景時早早就送來了三個日子讓老江頭挑，老江頭一打眼過了一遍，冷哼一聲，指著最靠後的日子道：「就它了。」

林景時倒也不失望，夜裡悄悄潛入江雨橋的屋子，把老江頭買地、買首飾的銀票擺在桌上，無奈地搖頭。「江爺爺怕是花光家底了。」

江雨橋兩眼含淚，把銀票推了回去。「既是爺奶買的，那你便收著吧。」

林景時含笑搖頭。「哪裡的話，待成親後，我的銀子就是妳的銀子，妳還同我分妳我不成？」

江雨橋認真地搖搖頭。「林掌櫃，我不勸爺奶是因為知道爺奶的心意，他們覺得虧欠我，想補償我，若我一推再推，怕是終究要傷了他們的一片愛子之心。而你，成親後的事是以後的事，如今你若是給了我，那便是於情於理皆不合。你在此事上已經幫了我們許多，我再把銀子拿回來，那算什麼樣子？」

林景時定定地看著她，輕嘆一聲。「我知曉本不該與妳說，只不過這一次被喜事沖昏了頭，終究是我糊塗了。」

江雨橋見他模樣可憐，心軟成一灘泥，踮起腳尖輕啄了一下他的唇，又飛快地離開，待他尚未反應過來就往外推他。「好了、好了，你高興我知曉，快些回去吧，莫要被爺奶撞見。」

林景時愣了一下，毫無防備竟然被她推了幾步，眼看就要出了門，他泛起一絲笑意，一手捉住她正在用力的手，下一瞬她就跌入他的懷中。

林景時低下頭噙住她的櫻唇，加深了方才那個蜻蜓點水的吻，直到感覺江雨橋快要喘不過氣來才放開她，像是捧著稀世珍寶一樣捧著她的臉，與她對視。「雨橋，我們快要成親了。」

江雨橋被他低沈沙啞的聲音撩得渾身酥麻，曖昧的氣息湧動，讓她微微顫抖，說不出話來。

林景時見她這茫然的模樣，差點控制不住自己，閉上眼睛深吸一口氣，在她唇間輕吻一下，轉身離去，心中只有一個想法——

看來成親前……他倆真的不能再見面了。

一雙小兒女熱著眼盼著成親的日子，在江家一大家子依依不捨中，終於還是到了。大清早吃過特地煮的出嫁麵，江雨橋哭辭了家人，上了花轎。林景時絲毫不因兩家離得近而糊弄，騎馬繞城一周，撒了十幾筐的銅錢，終於接回他等了、盼了這麼久的江雨橋。

洞房花燭，被翻錦浪，燭影搖紅，江雨橋怯怯地睜開眼睛，看著眼前隱忍到極點、生怕傷著她的林景時。

她鼓起勇氣抬頭吻住他。「相公、夫君，嫁與你，乃是我此生最幸之事。」

——全篇完

番外二　求娶（江陽樹）

江雨橋與林景時對視一眼，有些氣悶地扶了扶額頭。

眼前的江陽樹像是生吞了雞血一般，不停原地繞圈，面色潮紅，時不時停下來看一眼自家姊姊、姊夫，張了張嘴，欲言又止，到底沒說出一句話來，兀自又繞起了圈子。

林景時額角微跳，放下手中的茶杯，安撫地拍了拍江雨橋的手，沈吟道：「小樹，你到底想說什麼？你姊姊如今可受不得這個。」

江陽樹猛地頓住，原本就紅的臉更是漲得通紅。

他心虛地偷瞄了一眼江雨橋如笸籮大的肚子，咬了咬舌尖，懊惱又慚愧地重重嘆口氣，說出的話卻如同天邊的雲虛無縹緲，不仔細聽幾乎聽不見。

「姊姊、姊夫，我……我想娶小鶯為妻。」

「咳咳咳……」

江雨橋一時不察，豎著耳朵努力想聽清他的話，冷不防聽到這句話，驚得被自己的口水嗆到。林景時「噌」地一下站起身來，閃到江雨橋身後，輕拍她的背給她順氣，見她漸漸止了咳才緩緩抬起頭，瞇起眼睛瞪了江陽樹一眼。

江陽樹臉色煞白，被林景時的目光刺得打了個哆嗦，惶恐地跪在江雨橋面前，顫抖著手卻不敢去碰江雨橋。

江雨橋緩過來後，先回頭瞋了林景時一眼。「你嚇著小樹了。」

「……」林景時無語，嘟囔了一句。「這臭小子害得妳咳起來的。」

這幾個月，江雨橋已經習慣林景時動不動就提心吊膽的模樣，朝他甜甜一笑，收回目光後，摸了摸依然跪在眼前的江陽樹的頭。「小樹，你何時存了這等心思？」

江陽樹聽著江雨橋像小時候哄他入睡的溫柔聲調，眼底泛潮，用力眨眨眼睛，把打轉的淚憋了回去，喃喃道：「姊姊，此事是否讓妳很為難？我知曉小鶯是妹妹……」

江雨橋手一頓，抿了抿唇，沒有順著他的話往下說，反而仔細打量起這個不在她身邊幾年的弟弟。

十六、七的少年如同朝露一般，渾身閃爍著晶瑩剔透的耀眼光芒，哪怕如今垂頭喪氣地跪在她面前，卻掩飾不住他勃勃的生氣，哪裡還能看到幼時那受氣小男孩的影子？

江雨橋看著眼前的江陽樹隨著她的沈默，臉色越發蒼白，突然心生感慨。「這麼多年來，顧先生把你教得很好，我們應當好好謝謝他。」

「咳！」

林景時掩飾地握拳抵住唇間，打斷了江雨橋的話，「嘖」了一聲，輕輕踢了江陽樹一腳。「你姊姊問你話呢，何時存了這等心思？」
「我……」
江陽樹垂下眼眸，不敢去看姊姊和姊夫，聲音中含著說不清、道不明的情緒。
「我也說不出，自幼我便喜歡小鶯，下學的路上也總惦記著她想吃張記的烤乾果、劉家的蛋黃條，每回看見她吃得像隻小花貓一般，我就極為滿足。」
說到這兒他停下，把頭垂得更低，透著一股落寞。「那時我是真心把她當妹妹的，每日回家看著她賴在爺奶懷中，就忍不住想要上前抱抱她。軟綿綿的小鶯把小腦袋靠在我的肩上，讓我有一種自己也能被人依靠的感覺。」
許是因著有了身孕，江雨橋有些控制不住自己，想到當年被他們密不透風護在身後的江陽樹，小小的少年也早就想替家中分憂，卻無處插手，當時的他心中一定很自責吧？
聽到江雨橋的抽泣聲，江陽樹忍不住微顫，他再也說不下去，忍了半天的淚也滾落下來，哽咽道：「姊，若妳不同意，那我……」
林景時心疼地給江雨橋擦著淚，氣惱江陽樹又惹自家媳婦哭，優柔寡斷的絲毫不像個男人，完全不記得自己當年面對江雨橋時的糾結與猶豫。
「繼續說，話都不敢說完，你有什麼資格娶小鶯？」

他聲音冰冷嚴肅，激得江陽樹用力咬著下唇，控制著自己不再哽咽，許久才沙啞開口：「這些年離了家，我與明哥日夜相處在一處，聽他說起小鶯的趣事與心事。自小鶯七歲學了針線，但凡明哥有的，我自然也有一份。我看著她從繡著野鴨，到如今一手出神入化的繡功。她打小是個跳脫的性子，安安靜靜地坐在那兒低頭做針線，定然是十分不願的，那小模樣我想著就會笑出來。」

江雨橋隨著他的話也想到了小鶯，苦笑起來。

當年賴富生怕被全家人寵著、嬌著的賴鶯長大後變成無法無天的性子，豁出去求了林景時，讓他從京中特地請了個好的針線師傅教導她。

起初賴鶯的手被針扎得全是小窟窿，十指甚至都不能彎，心疼得全家人都咧嘴，差點又要把師傅送回京城。然而這姑娘有一股韌勁，就這麼咬著牙堅持下來，反而展現了驚人的天賦。

沒幾年工夫，江家有個一手巧奪天工女紅技藝的賴姑娘名揚縣城，有那省城的夫人們甚至會派人悄悄來與賴鶯定繡品。

賴鶯才十三歲，就已經早早被人打上了主意，上門求娶的人更是絡繹不絕，愁得老江頭和江老太恨不能揪掉花白的頭髮。

想到這兒，江雨橋的眼神變得深邃起來。

正低著頭的江陽樹絲毫未覺，繼續道：「我與小鶯經年未見，卻託了姊姊、姊夫的福，隔三差五通信，我知曉她學習女紅的辛苦、努力讀書的認真，也曾與她在信中探討時事。

「自從先生帶我們來了京城，孫大哥接了先生的私塾教導學生，我們與孫大哥的學生們也偶有書信往來，小鶯的見識絲毫不比那些讀書的男兒差。這回滁州之事，小鶯也提了幾句，我與明哥都覺得十分有道理，認真思考地照她所言後，事情的確順利不少。」

這些江雨橋都在家中聽賴鶯提過幾句，江家與賴家都不是迂腐人家，自幼便讓賴鶯跟著哥哥們讀書，賴鶯在遠離京城的縣城中，僅憑幾封信就能如此敏銳地做出判斷，讓江雨橋有一種吾家有女初長成的欣慰。

江雨橋見弟弟不再說下去，顯然剩下的話有些讓他羞赧，她突然伸手點了下江陽樹的額頭，等他吃驚地抬起頭來，才壞心眼地道：「是不是這回見著小鶯，覺得人家姿容嫻雅，才突然動了這心思？」

林景時一挑眉，就看著江陽樹的臉一下子由白變紅，那速度快得讓他都有些嘆為觀止，帶著一種隱晦的過來人的得意，搖了搖頭。「稚嫩。」

江陽樹正是血氣方剛的年紀，哪裡禁得住姊夫如此說，憋了一股氣，一梗脖子回道：「知慕少艾，人之常情！」

江雨橋被他逗笑了。江陽樹從未對女子動過心，見姊姊笑了，生怕她以為他不過是貪戀賴鶯的美色而一時衝動，急切地解釋道：「姊姊莫要笑我，我確實因著見了小鶯後才起了這心思。然我並非一時衝動，只是心中原本當作妹妹疼寵的女孩，竟忽然長成娉婷少女，有些陌生，有些茫然，也有些……心動。

「這幾個月來姊姊在京中養胎，我與小鶯日日相見，那些原本在信中知曉的事情一件件展現在眼前，那種恍惚感竟然讓我不知是不是在作夢？我看著她日日親手給姊姊煲湯，偶爾坐在假山上繡花，繃著小臉與我同明哥辯史，那些我不在她身邊的日子一點一滴都變得鮮活起來，她處處讓我心動。

「姊姊，我本想待妳生下小外甥再提，可昨日賴叔竟然找上明哥，與他商議應當給小鶯尋個什麼樣的夫君，我才知曉已經有許多少年俊傑家中派人上門提親，我……我怕再拖下去，我就真的一輩子只能做哥哥了！」

江雨橋聽完他急切的話，久久沒能回過神來。她竟不知道弟弟心中思量如此多，又被他話中的情深所震動，澀澀地開口：「你……」

林景時站在她身邊，伸手按住她的肩，止住她的話頭，突然意味不明地輕笑一下。江雨橋的臉一下子有些隱隱發紅，成親這麼多年，每回看到他這種表情，還是會忍不住臉紅心跳。

林景時唇角的笑意更深，微微挑眉，對尚跪在地上的江陽樹道：「你這些心思，小鶯可知曉？」

江陽樹倒吸一口氣。他哪裡敢……

江雨橋不明所以，疑惑地看著林景時，卻見林景時朝她微一點頭，語帶笑意。「現在……她知曉了。」

「什麼?!」

江陽樹渾身發涼，瞪大眼睛驚恐地望著林景時，只見林景時朗聲對門外喊道：「小鶯，進來吧。」

隨著門外一聲悶響，江陽樹只覺得自己的呼吸都要停滯了，他連滾帶爬地撐起身子就往外跑，短短幾步路，途中腿腳發軟，好幾次差點跌倒。

終於強撐著打開門，門外哪裡還有人的影子？一只厚實的砂鍋在地上打著轉，灑落滿地的雞湯述說著方才門外的人有多麼驚慌。

江陽樹的汗一下子溢了出來，顧不得與林景時和江雨橋說什麼，拔腿往外追。

江雨橋也被這變故弄得嚇了一跳，輕撫著胸口，瞪了林景時一眼。「小鶯在外頭站了多久？你怎麼也不早說。」

林景時伸手把她扶起來。「也沒多久，大概是在小樹說知曉小鶯是妹妹那個時候來的吧。」

「你……」江雨橋有點氣惱。「那小樹的話豈不是全被小鶯聽了去？」

林景時攙著她慢慢往外走。「既然他沒有膽量直接說，還不若藉此機會讓小鶯明白，也省得日後再留遺憾。」

江雨橋拿他沒辦法，哭笑不得地甩開他的手，用力拍了他胸口一下。「只盼著小鶯莫要真的惱了他才好。」

江陽樹在賴鶯獨住的小院外猶豫地走來走去。膽怯、羞澀、擔憂交織成一張網，把他緊緊束縛住。

明明心上人就在一牆之隔的院中，他卻始終不敢踏出那一步。

賴鶯也萬沒想到自己去給江雨橋送雞湯，竟會聽到江陽樹這番話。雖說她自幼享受著家人的寵愛，可也並非不開竅的孩子，這些年來家中進進出出的媒婆、爺爺奶奶望著她一日比一日不捨的眼神，還有爹娘背著她籌劃嫁妝的事宜，她都點滴看在眼中。

賴鶯貝齒咬緊下唇，雙手不知道應該做些什麼，無意識地擺弄著桌上的茶具，猛地想起這套茶具還是江陽樹為了她跑遍京城才尋來的，燙手一般把茶杯扔在桌上，眼見它就要滾落在地，驚呼一聲，又急忙伸手去接，待那茶杯完好無損地托在掌中，才鬆了一口氣，小心翼翼地把它放回原處。

小小的插曲讓賴鶯慌亂的心漸漸平靜下來，她閉上眼睛甩甩頭，江陽樹的話卻不聽話的一個勁兒地往她腦中鑽，一遍又一遍……

天色漸暗，賴鶯已經枯坐在桌前許久，終於嘆了口氣，撐著桌子，拖著僵硬的腿站了起來。

再不去吃飯，怕是老江頭和江老太要同小時候般端著飯菜過來餵她了。

賴鶯拍了拍臉，覺得自己稍微清明了一些，可一想到去吃飯怕是要同江陽樹碰面，又有些猶豫，就這麼一步三停地磨蹭到了院門，剛打開門，就被門外站得筆直的身影嚇了一跳。

江陽樹已經在這裡站了好幾個時辰，來催賴鶯吃飯的丫鬟們見他這副模樣，也不敢靠近。

他也不知道自己為何要站在這兒？能不能等到賴鶯開門？開了門又要說什麼？他只是不想走，心中唯一的一點念想就是——再看賴鶯一眼。

聽到緩緩的開門聲，江陽樹的心就不受控制地「怦怦」亂跳，等到那張精緻小臉探了出來，他的心卻驀然落了地，從未感覺到如此踏實。

賴鶯驚訝地捂著嘴，定定看著眼前的男人，只餘殘邊的夕陽在他身上鍍上一層金邊，俊朗少年，眉目深邃，漆黑眼眸中的深情讓人難以忽視。賴鶯只與他對視一眼，就覺得自己的心都顫抖起來，飛快地避開他的眼神。

眼前的賴鶯像極了顧先生養的那隻膽小的肥鳥兒，江陽樹突然心中發癢，鬼使神差地伸出手，輕撫上她的髮。

賴鶯冷不防被他一摸，渾身僵硬，卻沒有如江陽樹預想中那般甩開他的手，只微微低下頭，用可愛的髮旋對著他。

江陽樹暗暗鬆了口氣，向前一步，與她靠得更近，低下頭，壓低聲音道：「小鶯，妳都聽見了？」

賴鶯梗著脖子，沒點頭也沒搖頭。

江陽樹嘆了口氣，失神地看著她，終於鼓起勇氣，聲音微顫。「小鶯，我……我心悅妳。」

賴鶯呼吸一窒，想要落荒而逃躲進小院中，可眼前一幕幕是從小到大江陽樹對她的好，讓她怎麼也邁不出兩條腿。

夕陽緩緩照下最後一絲餘暉，天色已經暗到看不清眼前人的臉，兩人就這麼維持這個姿勢站著，不知各自在想些什麼，一大家子都被拋到腦後。

老江頭與江老太心中著實擔心賴鶯，不顧江雨橋的阻攔還是匆匆趕來，就著昏黃的燈籠光芒，看到眼前對立而站的二人，有些納悶，忍不住脫口喚道：「小樹？小鶯？」

江陽樹一個激靈清醒過來，縮回尚放在賴鶯頭上的手，扯動胳膊的痠痛讓他忍不住「嘶」了一聲。

賴鶯聞聲抬起頭，不顧自己僵硬的脖頸，關切問道：「小樹哥哥？你沒事吧。」

江老太看著眼前兩人怎麼都不對勁，經歷過林景時在他們眼前叼走了江雨橋的事，電光石火間突然反應過來，高聲道：「小樹……你?!」

江陽樹瞳孔微縮，看著賴鶯滿臉掩飾不住的擔心，閉上眼睛下定決心，回身果斷地跪在老江頭和江老太身前。「爺、奶，我要娶小鶯為妻！」

跟在後面趕來的賴富夫妻和賴明聽到這句話，像是被雷劈中，齊齊愣在當場。

詭異的安靜瀰漫開來，賴鶯羞得滿臉通紅，低下頭誰也不敢看。

林景時扶著沒多久就要臨盆的江雨橋走在最後，看到眼前這一幕，聰明地也沒有開口。

不知安靜了多久，還是賴明率先反應過來，他掐了賴富一把，賴富回過神來，吞了吞口水，看著跪在地上深情堅毅的江陽樹，抖了抖唇，竟然不知道要說什麼。

江陽樹對著他磕了一個頭。「還請賴叔允我求娶小鶯。」

在賴富心底最深處，一直把江家當成自己的主家，見江陽樹對著他磕頭，下意識地想往旁邊閃，賴明攥緊他的手拉住他，讓他就這麼穩穩地受了江陽樹一禮。

老江頭度過最初的震驚，絲絲歡喜卻從心底湧上。

是啊……是啊！他怎麼沒想到這兩個孩子呢？這兩年他和江老太一想到賴鶯要嫁人，難受得睡不著覺，一談到賴鶯會嫁到誰家，能唉聲嘆氣直到天明。若是嫁給自己孫兒，那賴鶯豈不是能一輩子待在江家？

他與江老太對視一眼，確定了彼此心中同樣的想法，整個人突然放鬆下來，看著江陽樹的眼神越發熱切，恨不能按著他對賴富多磕幾個頭，讓賴富當場應下這門親事。

賴富明顯有些手足無措，額頭上豆大的汗往下滴。

賴明不知為何一言不發，只神情莫辨地看著依然沒有抬起頭的江陽樹。

老江頭急得兩隻眼睛都要冒火了，琢磨片刻，上前狠踢了江陽樹一腳，把他踹倒在地，吼罵道：「你這畜生竟然惦記上你妹妹了！」

江陽樹吃痛，卻只皺了皺眉，翻身爬起，依然跪在原地，老江頭上前又是一腳。

「你對得起你賴叔嗎！」

「你對得起小鶯對你的信任嗎！」

「你配當這個哥哥嗎！」

一腳接一腳，江陽樹被踹倒了一次又一次，他忍不住輕咳兩聲，嘴角溢出血跡，老江頭咧了咧嘴角，心疼得心裡直抽，還是抬起腳來一咬牙又要踹下去。

「爺爺！」

賴鶯再也看不下去，一張慘白的臉上掛滿了淚，膝蓋一軟癱倒在地，用自己瘦弱的身軀擋在江陽樹面前。

老江頭心裡鬆了口氣，面上不顯，做出一副恨鐵不成鋼的樣子，顫抖著搖頭。

林景時掩唇輕咳，低頭把薄唇湊到江雨橋耳邊小聲道：「爺爺這演得有些過了吧？」

江雨橋被他唇間呼出的熱氣弄得渾身一麻，又心疼江陽樹與賴鶯，瞪了他一眼。

「你今兒的話著實太多了。」

江老太敏銳地察覺到應當換自己出馬了，捂著眼睛，憋出哽咽的聲音對賴鶯道：「小鶯妳讓開，讓妳爺爺今日打死這畜生！」

賴鶯哭著搖頭。「奶奶，不能再打了，小樹哥哥他……不能再打了。」

說完滿目哀求地看向賴富。「爹、娘、哥哥……」

賴明眉頭微蹙，耐人尋味地看著那對宛如薄命鴛鴦般跪地相擁的小兒女，掀了掀唇角。「小鶯，妳先起來。」

賴鶯反身緊緊抱住江陽樹。「不，不要再打了！」

江陽樹被她突如其來的擁抱驚得屏住呼吸，耳邊所有聲音一下子消失得乾乾淨淨，只餘下自己的心跳聲。

賴鶯彷彿又抬起頭說了句什麼，江陽樹微微歪頭，疑惑地看了眼乍露驚喜的老江頭和江老太，又看了看一臉茫然的賴富與賴嫂子，直到感受到賴明意味深長的眼神，才緩緩閉上眼睛，努力回想著方才賴鶯說了什麼。

賴鶯見他閉上眼，以為他快要堅持不住，忍不住又用了幾分力道把他抱得更緊，在他耳邊急切道：「小樹哥哥，我願意，我願意的！」

江陽樹猝然睜開眼睛，不敢置信地看著眼前的賴鶯。那潤白的小臉上焦急的神色不像作假，他舉起已經被地上泥沙刮得滿是血印的手，輕撫上她的臉。

下一瞬緊緊把她擁入懷中，把頭深深埋在她頸間，滾燙的淚珠燙得賴鶯心中發軟發甜。

無人上前打斷相擁而泣的二人，江陽樹箍緊懷中柔若無骨的嬌軀，在她耳邊沙啞道：「小鶯，我很歡喜……」

——全篇完

2019年2月出版

烏龍小龍女

文創風 721～722

下凡一遭，她從未想過單純的相夫教子、安於後宅，

她要遊遍天下，享盡天下美食，看遍天下美景！

吃喝玩樂一點通，兒女之情懵懂懂／風白秋

人家是坑爹，袁妧卻是被爹給坑了！
她本在龍宮乖巧的當著花瓶公主，
卻被老爹踹到人間歷練，只給了蝦兵蟹將用的控水術？!
如今這境地，怎一個「慘」字了得……
幸好，身為一個小肉團，除了吃食寡淡，生活還是挺愜意，
她只要專心賣萌，吃吃睡睡，時間也就這麼溜了。
抓週那日，她終於等來龍爹指派的保鑣小烏龜，
有個能安心交流的夥伴，她心底總算鬆快許多。
正當她放鬆神經，倚在祖母懷中將要睡去，
未料下一刻她就出了大糗，莫名吹出了個大口水泡，
還吹破在前來打招呼的世孫——趙澹那精緻的臉上。
這口水泡招來的世孫哥哥對她挺好，時常來看望她，
就是命不太好，平日爹不疼、娘不愛，
每回來訪，總是羨慕地看著她家溫馨的氣氛。
唉！天將大任於斯人也，這小可憐，就由她這個小可愛來哄唄～～

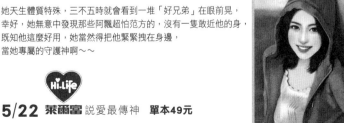

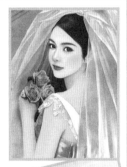

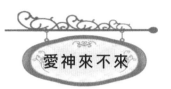

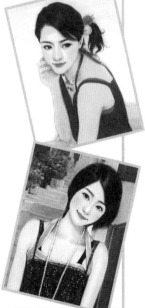

文創風 757

福氣小財迷 3 完

國家圖書館出版品預行編目資料

福氣小財迷 / 風白秋著. --
初版. -- 臺北市 : 狗屋, 2019.06
冊 ; 公分. --(文創風)
ISBN 978-986-509-010-4(第3冊 : 平裝). --

857.7 108006512

著作者 風白秋
編輯 王冠之
校對 黃薇霓 周貝桂
發行所 狗屋出版社有限公司
地址 台北市104中山區龍江路71巷15號1樓
電話 02-2776-5889～0
發行字號 局版台業字845號
法律顧問 蕭雄淋律師
總經銷 知遠文化事業有限公司
電話 02-2664-8800
初版 2019年6月
國際書碼 ISBN-13 978-986-509-010-4

本著作物由北京晉江原創網絡科技有限公司授權出版

定價250元
狗屋劃撥帳號：19001626
網址：love.doghouse.com.tw E-mail：love@doghouse.com.tw